EXTRAITS

DU BÉTAL-PATCHÎSÎ.

EXTRAIT N° 7 DE L'ANNÉE 1851

DU JOURNAL ASIATIQUE.

EXTRAITS

DU BÉTÂL-PATCHÎSÎ,

PAR M. ÉD. LANCEREAU,

LICENCIÉ ÈS-LETTRES,

MEMBRE DE LA SOCIÉTÉ ASIATIQUE.

PARIS,

IMPRIMERIE NATIONALE.

M DCCC LI.

EXTRAITS

DU BÉTÂL-PATCHÎSÎ.

Le *Bétâl-Patchîsî*, ou les vingt-cinq histoires d'un vampire, est la traduction hindie de l'ouvrage sanscrit intitulé : *Vétâla-Pantchavinsati*, un des recueils de contes les plus célèbres parmi ceux qui circulent dans l'Inde. L'original sanscrit fut traduit en bradj-bhâkhâ par le poëte Soûrat-Kabîswar, sous le règne de Muhammad-Schâh[1], et d'après l'ordre du râdjâ Djaïsingh-Siwaï, gouverneur de Djaïnagar[2]. Plus tard, sous le règne de Schâh-Alam[3] et l'administration du gouverneur général marquis de Wellesley, Mazhar-Alî-Khân, surnommé Wilâ, poëte distingué de Dehli, aidé de Lallû-Lâl, mit en hindi la version de Soûrat, sur la demande de John Gilchrist; et enfin le professeur James Mouat chargea Târinî-Tcharan-Mitr de revoir ce travail, et d'en retrancher tous les mots sanscrits et bradj-bhâkhâs peu usités dans la langue moderne[4].

[1] Muhammad-Schâh III, qui régna à Dehli, de 1720 à 1747.

[2] Djaïnagar ou Djaïpour est la capitale de la principauté du même nom qui fait partie des provinces d'Adjmîr et d'Agra.

[3] Schâh-Alam II. Ce prince régnait à Dehli; il monta sur le trône en 1761, et mourut en 1806.

[4] मुहम्मद शाह बादशाह के ज़माने में राजा जैसिंह सवाई ने जो मालिक

Ces détails, que l'on trouve dans la préface de la rédaction hindie, et que mon savant professeur, M. Garcin de Tassy, a reproduits dans son Histoire de la littérature hindoustanie, nous montrent clairement quelle part chacun a prise à ce travail. Le véritable traducteur du *Vétâla-Pantchavinsati* est Soûrat-Kabîswar; Mazhar-Alî-Khân et Târinî-Tcharan-Mitr n'ont fait que retoucher la version de leur devancier : ils en ont ôté les mots sanscrits et bradj-bhâkhâs, pour les remplacer par des synonymes empruntés à l'arabe et au persan. Il est à regretter que cette habitude de retoucher les textes, introduite dans l'Inde par les Anglais, dans l'intérêt de leurs études, ait modifié ainsi le texte de certains ouvrages; mais ce qui doit nous consoler, c'est que ces changements n'ont porté que sur la forme, et n'ont pas altéré le fond des ouvrages.

De même que le *Singhâsan-Battîsî*, ou les trente-deux histoires du trône, le *Bétâl-Patchîsî* semble avoir été composé dans le but de louer la sagesse et le courage du roi Vikramâditya, prince célèbre, qui régnait à Avantî [1] vers l'an 57 avant

ज़ैनगर का था सूरत नाम कबीश्वर से कहा कि बेताल पचीसी को जो ज़ुबानि संस्कृत में है तुम ब्रज भाषा में कहो। तब उस ने बमूजिब हुक्म राजा के ब्रज की बोली में कही। सो शाहि आलम बादशाह के अहद के बीच और असर में मारकुइस वलिज़ली गवरनर जनरल बहादुर के मज़हर अली ख़ानि शाइर ने जिस का तख़ल्लुस विला है बमूजिब फ़रमाने जान गिलक्रिस्त के ज़ुबानि सहल में श्री लल्लू जी लाल कबि की मदद से बयान किया था। फिर मुवाफ़िक़ इरशादि मुदर्रिसि हिन्दी कपतान जिमिस मोअट के तारिनी चरन मित्र ने संस्कृत और भाषा के अलफ़ाज़ को निकालकर मुरव्वज अलफ़ाज़ को दाख़िल किया॥

[1] Avantî ou Oudjayanî, aujourd'hui Oudjein, ville célèbre et fort ancienne, située dans le Malwa. Elle était une des sept villes sacrées des Indiens.

J. C., et fonda une ère qui porte son nom. L'examen de ce seul fait semble confirmer l'opinion de ceux qui font remonter la rédaction de cet ouvrage au règne de Vikrama; si le *Bétâl* n'a pas été écrit pendant la vie de ce prince, il a dû l'être peu de temps après lui; par conséquent, je suis porté à croire qu'il date au moins du premier siècle de notre ère.

Le *Bétâl-Patchîsî* a été traduit dans plusieurs idiomes modernes de l'Inde; il en existe une version tamoule, intitulée: *Védâla-Cadaï*, dont M. Babington a donné la traduction dans le premier volume des *Miscellaneous translations from oriental languages*[1]. J'ai comparé cette version avec la rédaction hindie que j'ai été obligé de suivre, puisque nous ne possédons pas encore le texte sanscrit, et je n'y ai trouvé qu'une imitation pâle et défigurée des différents morceaux dont se compose notre recueil. La première partie de l'introduction, c'est-à-dire la légende qui sert de cadre aux histoires racontées par le vampire, a presque complétement disparu. A la place des détails historiques concernant Vikrama, le rédacteur de la version tamoule s'est contenté d'insérer un petit dialogue entre Indra et Nârada, où il nous apprend qu'un brâhmane fut maudit par Siva, pour avoir répété une collection d'histoires que ce dieu avait racontées à la déesse son épouse. Le brâhmane supplie le dieu de faire cesser les effets de sa malédiction, et celui-ci répond qu'il en sera délivré par celui qui pourra résoudre les questions contenues dans ces contes. Le brâhmane est aussitôt changé en vétâla[2], et transporté au milieu d'une forêt, où il reste suspendu à un arbre, jusqu'au moment où Vikrama va le délivrer. L'introduction ne commence, à proprement parler, qu'avec l'histoire de Sântasîla, qui ressemble assez exactement à celle de la version hindie[3].

[1] London, 1831, in-8°.

[2] En hindi, बेताल (*Bétâl*). Ce mot, que je traduis par *vampire*, désigne une espèce de démon ou de mauvais esprit qui hante les cimetières, et s'introduit dans les corps morts pour les animer.

[3] Voyez l'article que M. Burnouf a publié sur le Védâla-Cadaï, dans le Journal des Savants, année 1833, p. 236.

Il n'entre pas dans mon plan de donner une comparaison détaillée des deux rédactions. En examinant l'ouvrage tamoul, j'ai voulu seulement me rendre compte de la différence qui pouvait exister entre ce recueil et celui dont j'offre aujourd'hui quelques extraits. Je me contenterai, par conséquent, de dire que je n'ai vu dans les contes tamouls ni l'ordre, ni les développements que l'on trouve dans ceux de l'ouvrage hindi.

En présence de ces deux rédactions si différentes, on serait peut-être tenté de se demander quelle est celle qui se rapproche le plus de l'original. Je crois pouvoir affirmer, sans craindre de me tromper, que c'est la nôtre. Le traducteur du *Védâla-Cadaï* a, le premier, douté de l'exactitude de sa version, et il a eu raison. Ce n'est pas dans la langue tamoule qu'il faut chercher des traductions exactes et fidèles des livres sanscrits : on n'y trouvera jamais que des imitations abrégées, témoin le *Pantchatantra*. Il n'en est heureusement pas de même des traductions en bradj-bhâkhâ ou en hindi ; la plupart des ouvrages sanscrits traduits dans ces deux idiomes, que j'ai pu comparer avec les originaux, n'offrent que de légères différences, et souvent les traducteurs ont fait preuve de la fidélité la plus scrupuleuse.

Deux traductions anglaises du *Bétâl-Patchîsî* ont été publiées à Calcutta, l'une par le râdjâ Kâlî-Krichna, l'autre par le capitaine W. Hollings ; mais ces deux versions sont, pour ainsi dire, inconnues en Europe. J'ai donc cru faire une œuvre agréable aux amateurs de la littérature indienne, en traduisant quelques-uns des contes du recueil hindi, et j'ai choisi ceux qui renfermaient le plus de détails propres à initier le lecteur à la connaissance des pratiques religieuses, des mœurs, des usages, et de la vie domestique des Indiens.

INTRODUCTION.

Dans la ville de Dhârâ [1], régnait le roi Gandharvaséna. Ce prince avait quatre femmes qui lui avaient donné six fils, tous plus instruits et plus puissants les uns que les autres. Le roi étant venu à mourir, son fils aîné, nommé Sanka, lui succéda. Quelque temps après, Vikrama, le cadet des six princes, tua son frère aîné, s'empara du trône et régna selon la justice. De jour en jour son empire s'étendit à un tel point, qu'il devint roi de tout le Djamboûdwîpa [2], et fonda une ère [3] après avoir établi un gouvernement durable.

Au bout de quelque temps, le roi pensa qu'il devait voyager dans les pays dont il avait entendu parler. Cette résolution prise, il confia le trône à son jeune frère Bharthari [4]; puis il se fit yoguî [5], et se mit à parcourir les contrées et les forêts.

[1] Ou Dhar, ville ancienne de la province du Malwa. S'il faut en croire l'auteur de ce récit, le roi Vikramâditya aurait régné dans cette ville avant de transférer le siége de son empire à Avantî.

[2] Un des sept dwîpas ou continents. Ce nom s'emploie le plus communément pour désigner l'Inde.

[3] L'ère de Vikrama, que les Indiens nomment *Samvat*, date de l'an 57 avant J. C.

[4] Ou mieux : *Bhartrihari* (भर्तृहरि). Ce prince fut un poëte distingué; on a de lui un recueil de sentences composé de trois cents distiques.

[5] Espèce d'ascète. Ce nom s'applique particulièrement aux religieux qui se rendent insensibles aux impressions extérieures et indifférents à tout, et ne songent qu'à s'absorber dans l'Être suprême, par la méditation.

Il y avait dans la même ville un brâhmane qui se livrait aux austérités religieuses. Un jour, un dieu lui donna un fruit d'immortalité. Le brâhmane apporta ce fruit chez lui, et dit à sa femme : « Quiconque mangera de ce fruit, deviendra immortel : voilà ce que m'a dit le dieu en me l'offrant. » A ces mots, la femme du brâhmane se mit à pleurer à chaudes larmes, et dit à son mari : « C'est le châtiment d'un grand crime qui nous arrive ; car, si nous devenons immortels, combien de temps nous demanderons encore l'aumône ! mieux vaudrait mourir, parce qu'une fois morts, nous serions débarrassés des maux de cette vie. — J'ai reçu ce fruit, répondit le brâhmane, et je te l'ai apporté ; mais tes paroles m'ont bouleversé l'esprit : maintenant, je ferai ce que tu me diras. — Hé bien, lui dit sa femme, donne ce fruit au roi, et reçois des richesses en échange, dans l'intérêt de la religion et du monde. »

Le brâhmane, suivant le conseil de sa femme, alla trouver le roi, et lui donna sa bénédiction ; puis il lui expliqua la vertu du fruit, et lui dit : « Sire, veuillez accepter ce fruit et me donner des richesses ; je serai heureux si vous vivez longtemps. » Le roi donna cent mille roupies au brâhmane, et le congédia ; il alla ensuite à l'appartement des femmes, et donna le fruit à celle de ses reines qu'il aimait le mieux, en lui disant : « Mange ce fruit, tu deviendras immortelle et tu resteras toujours jeune. »

A ces mots, la reine prit le fruit des mains du roi, et ce prince retourna au milieu de sa cour. La reine avait pour amant un kotwâl[1] auquel elle donna le fruit; celui-ci, à son tour, en fit don à une courtisane qui était sa maîtresse, et lui en expliqua la vertu. La courtisane pensa que ce fruit serait un beau présent à faire au roi, et, cette résolution prise, elle alla le lui offrir. Le roi accepta le fruit et congédia la courtisane après lui avoir donné beaucoup d'argent; puis il se mit à regarder le fruit et à réfléchir, et dégoûté du monde, il se dit : « Les richesses de ce monde ne servent à rien, car avec elles on finit par tomber dans l'enfer; il vaut donc mieux se livrer aux austérités religieuses, et ne songer qu'à Bhagavân[2], afin d'être heureux dans l'avenir. »

Après avoir pris cette résolution, il alla à l'appartement des femmes, et demanda à la reine ce qu'elle avait fait du fruit. Elle lui dit qu'elle l'avait mangé. Alors le roi lui montra le fruit. A la vue de ce fruit, la reine fut comme frappée de stupeur, et ne sut quoi répondre. Le roi sortit, fit laver le fruit et le mangea; puis, renonçant à la couronne, il se fit yoguî, et s'en alla tout seul dans la forêt, sans avoir aucun entretien avec personne. Le trône de Vikrama resta vacant.

Lorsqu'Indra[3] apprit cet événement, il envoya un démon pour garder Dhârâ; ce démon veillait nuit et jour sur la ville. Bientôt le bruit se répandit de pays en pays que le roi Bharthari avait aban-

[1] En persan کوتوال. Principal officier de police d'une ville.

[2] Dieu, l'Être suprême.

[3] Roi du ciel.

donné le trône et s'était retiré dans une forêt. A cette nouvelle, le roi Vikrama se hâta de revenir dans ses états. Il était minuit, et il entrait dans la ville, lorsque le démon lui cria : « Qui êtes-vous? où allez-vous? Arrêtez et dites votre nom. »

Le roi répondit : « Je suis le roi Vikrama; je vais dans ma ville. Qui es-tu pour m'arrêter? — Les dieux m'ont envoyé pour garder cette ville, répliqua le démon; si vous êtes véritablement le roi Vikrama, combattez d'abord avec moi, et vous entrerez ensuite dans la ville. » A ces mots, le roi serra sa casaque, et défia le démon, qui se posa en face de lui. Le combat eut lieu : à la fin, le roi terrassa le démon et lui monta sur la poitrine. « Roi, s'écria le démon, vous m'avez terrassé; mais je vous accorde la vie. — Il faut que tu sois fou, répondit le roi en riant, à qui fais-tu grâce de la vie? Si je voulais, je te tuerais : comment peux-tu m'accorder la vie? — Roi, reprit le démon, je vous sauverai de la mort; écoutez d'abord ce que je vais vous dire, et ensuite vous régnerez sur le monde entier, sans avoir rien à redouter. »

Enfin le roi lâcha le démon et l'écouta attentivement. Le démon parla en ces termes :

« Il y avait dans cette ville un roi très-libéral, nommé Tchandrabhâna. Un jour, ce prince étant allé dans un bois, aperçut un pénitent qui était suspendu à un arbre, la tête en bas, et ne respirait que de la fumée[1]. Ce pénitent n'acceptait rien

[1] C'est-à-dire : ne vivait que d'air, et ne prenait aucune nourriture.

de personne. Le roi, le voyant dans cet état, retourna à son palais, et, lorsqu'il fut au milieu de sa cour, il dit à ceux qui l'entouraient : « Celui qui « amènera ici ce pénitent, recevra cent mille rou- « pies. » A ces mots, une courtisane s'approcha du roi, et lui dit : « Si votre majesté veut bien me le « permettre, j'aurai un enfant de ce pénitent, et je « l'amènerai avec cet enfant sur ses épaules. » Cette proposition étonna le roi ; il fit jurer à la courtisane d'amener le pénitent, et la congédia. Celle-ci alla dans la forêt, et, lorsqu'elle arriva à la demeure du pénitent, elle vit qu'il était réellement suspendu, la tête en bas, qu'il ne mangeait ni ne buvait, et était desséché. Elle prépara des friandises, et lui en mit dans la bouche : le pénitent trouva ces friandises d'un goût agréable et les mangea. La courtisane continua à lui en donner.

« Elle lui fit ainsi manger des friandises pendant deux jours. Cette nourriture lui rendit un peu de forces; il ouvrit les yeux, descendit de l'arbre, et demanda à la courtisane pourquoi elle était venue en ce lieu. « Je suis fille d'un dieu, répondit-elle, « je me livrais aux austérités religieuses dans le ciel, « et je suis venue aujourd'hui dans cette forêt. — « Montrez-moi où est votre hutte, dit le pénitent. » La courtisane amena le pénitent dans sa hutte, et lui prépara des aliments savoureux. Le pénitent cessa de respirer de la fumée ; il se mit à manger et à boire tous les jours. Enfin, l'amour vint le tourmenter ; il eut commerce avec la courtisane, et perdit le fruit de sa pénitence. La courtisane devint enceinte, et, arrivée au terme de sa grossesse, elle mit au monde un enfant mâle. Lorsque l'enfant eut quelques mois, elle dit au pénitent : « Saint homme, « allez maintenant en pèlerinage, pour effacer toutes « les souillures de votre corps. » Après l'avoir ainsi trompé, elle lui mit l'enfant sur les épaules, et alla à la cour du roi, d'où elle était venue, après avoir juré de faire ce qu'elle avait exécuté.

« Lorsqu'elle vint devant le roi, ce prince la reconnut de loin, et, voyant l'enfant sur les épaules du pénitent, il dit aux gens de sa cour : « Voyez, « c'est la courtisane qui était allée chercher le yoguî. « — Sire, répondirent les courtisans, vous dites « vrai ; c'est bien elle, et veuillez remarquer que « tout ce qu'elle vous a dit avant de s'en aller, elle « l'a fait. »

« En entendant ce que disaient le roi et ses courtisans, le yoguî s'imagina que ce prince avait voulu interrompre ses dévotions. Plein de cette idée, il s'en retourna ; puis, lorsqu'il fut sorti de la ville, il tua l'enfant, et alla dans un bois se livrer à ses austérités. Au bout de quelques jours, le roi mourut, et le yoguî acheva sa pénitence.

« La conclusion de cette histoire est que vous êtes trois hommes nés dans la même ville, sous le même astre, la même division du grand cercle, et à la même heure. Vous, vous avez reçu le jour dans la famille d'un roi ; le second était fils d'un marchand d'huile, et le troisième, le yoguî, est né dans la maison d'un potier. Vous régnez ici, et le fils du marchand d'huile avait le gouvernement des régions infernales. Le potier, après s'être bien acquitté de sa pénitence, tua le marchand d'huile, le métamorphosa en mauvais esprit, et le suspendit, la tête en bas, à un siris[1], dans un cimetière[2]; il veut vous tuer aussi. Si vous lui échappez, vous aurez la souveraineté. Je vous ai prévenu : tenez-vous sur vos gardes.

« En disant ces mots, le démon s'en alla. Le roi entra dans son gynécée. Au point du jour il en sortit pour aller s'asseoir sur son trône, et donna ordre de convoquer les gens de sa cour. Tous les serviteurs, petits et grands, se présentèrent devant lui et lui offrirent des présents. Il y eut de la musique et des chants et telles furent la joie et l'allégresse de tous les habitants de la ville, qu'à chaque place et dans chaque maison on se livra au chant et à la danse. Ensuite, le roi gouverna selon la justice.

« Un jour, un yoguî nommé Sântasîla vint à la cour de ce prince, avec un fruit dans sa main. Il donna ce fruit au roi; puis il étendit une natte et s'assit. Au bout d'un quart d'heure, il se retira. Lorsqu'il fut parti, le roi se dit en lui-même : « Ne serait-« ce pas l'homme dont le démon m'a parlé? » Ayant conçu ce soupçon, il ne mangea pas le fruit; il fit

[1] En sanscrit शिरीष. *Acacia sirisa. Mimosa seris.*

[2] Le mot मरघट, que je traduis par « cimetière, » signifie, à proprement parler : « Lieu où l'on brûle les morts. »

appeler son intendant et le lui remit, en lui recommandant de le conserver avec soin.

« Cependant le yoguî venait tous les jours et apportait chaque fois un fruit au roi.

« Un jour, le roi étant allé, avec quelques personnes de sa suite, visiter ses écuries, le yoguî s'y rendit, et lui mit un fruit dans la main, selon son habitude. Le roi s'amusait à jeter ce fruit en l'air, lorsque tout à coup il lui tomba des mains ; un singe le ramassa et le brisa en morceaux. Il s'échappa de ce fruit un si beau rubis, que le roi, et ceux qui l'accompagnaient, furent émerveillés en voyant l'éclat dont il brillait.

« Alors le roi dit au yoguî : « Pourquoi m'avez-vous « donné ce rubis ? — Sire, répondit le yoguî, il est « écrit dans les livres qu'il ne faut pas se présenter « les mains vides devant un roi, un précepteur spi- « rituel, un astrologue, un médecin et une jeune « fille, parce qu'il y a de l'avantage à leur faire des « présents. Mais, sire, pourquoi ne parlez-vous que « d'un seul rubis ? Dans chacun des fruits que je vous « ai donnés, se trouve une pierre précieuse. »

« A ces mots, le roi dit à son intendant : « Allez « chercher tous les fruits que je vous ai remis. » Dès qu'il eut reçu cet ordre, l'intendant alla bien vite chercher les fruits, et trouva un rubis dans chacun d'eux, lorsqu'il les eut fait briser.

« A la vue de cette quantité de rubis, le roi fut charmé ; il demanda un joaillier pour lui faire examiner ces pierres, et lui dit : « On ne peut rien em-

« porter avec soi en mourant : dans ce monde, la « vertu est le plus précieux des biens; dites-moi donc « avec probité quel est le prix de chacune de ces « pierres.

« — Sire, répondit le joaillier, vous avez dit vrai : « celui qui conserve sa probité, possède tout. La « probité nous suit partout : elle est une source « d'avantages dans les deux mondes. Écoutez, sire, « toutes ces pierres sont parfaites pour la couleur, « le poids et la qualité. En évaluant chacune d'elles « à plusieurs millions de roupies, je ne les estime « pas encore à leur prix. En vérité, la valeur de « chacun de ces rubis est égale à une des sept ré- « gions de la terre.

« En entendant ces paroles, le roi fut transporté de joie. Il donna un vêtement d'honneur au joaillier, et le congédia; puis il prit le yoguî par la main, le fit asseoir sur un coussin, et lui dit : « Mon royaume « tout entier ne vaut pas un de ces rubis; dites-moi « donc le motif pour lequel, vous qui êtes nu, vous « m'avez donné tant de pierres précieuses.

« — Sire, répondit le yoguî, il ne faut faire con- « naître ni les enchantements, ni les recettes médi- « cales, ni les bonnes actions, ni les affaires de famille, « ni les actes criminels, ni le mal qu'on a entendu « dire de quelqu'un. Ce sont là des choses dont on « ne peut parler dans une réunion; je vous dirai cela « en particulier. Écoutez, il est d'usage qu'une chose « qui a été entendue par six oreilles, ne puisse rester « secrète; personne n'entend ce qui se dit entre quatre

« oreilles, et ce que deux oreilles seulement ont en-« tendu, Brahmâ [1] lui-même l'ignore : à plus forte « raison, comment un homme pourrait-il le savoir? »

« Alors le roi tira le yoguî à l'écart, et lui dit : « Saint homme, vous m'avez donné tous ces rubis, « et moi je ne vous ai pas donné à manger un seul « jour : j'en suis honteux. Dites-moi ce que vous « désirez. — Sire, répondit le yoguî, je vais prati-« quer des enchantements dans un grand cimetière, « sur le bord de la Godâvarî [2], et j'obtiendrai ainsi « le pouvoir de tout faire [3]. Je vous demande en grâce « de venir passer une nuit avec moi : votre présence « fera réussir mes sortiléges. — Bien, dit le roi, j'irai : « indiquez-moi le jour. — Venez, reprit le yoguî, seul « et muni de vos armes, me trouver dans la soirée du « quatorzième jour de la quinzaine lunaire obscure [4]

[1] Créateur du monde, et l'une des trois divinités dont se compose la triade indienne.

[2] Rivière qui sort des monts Vindhyas, et va se jeter dans le golfe de Bengale.

[3] Il y a dans le texte : अष्ट सिद्ध (les *Achta siddhis*), huit dons surnaturels que donne la pratique de certaines dévotions. Ce sont : 1° la faculté d'agrandir son corps; 2° celle de le rendre petit; 3° celle de le rendre léger; 4° le pouvoir de satisfaire tous ses désirs; 5° la puissance de changer le cours de la nature; 6° l'empire sur tous les êtres; 7° la faculté d'atteindre les objets les plus éloignés, la lune, par exemple; 8° l'accomplissement de toute promesse, de tout engagement.

[4] Les Indiens divisent le mois lunaire en deux parties, ou *pakchas* (पक्ष), comprenant chacune quinze jours lunaires. La quinzaine claire, ou *souklapakcha* (शुक्लपक्ष), finit avec le jour de la pleine lune, et la quinzaine obscure, ou *krichnapakcha* (कृष्णपक्ष), avec le jour de la nouvelle lune.

«du mois de bhâdon[1], qui est un mardi. — Allez, «répondit le roi, j'irai seul, soyez-en sûr.»

«Après avoir reçu la promesse du roi et pris congé de lui, le yoguî entra dans un temple, et fit ses préparatifs; puis, emportant avec lui tout ce qui lui était nécessaire, il alla s'établir dans le cimetière. Le roi, de son côté, se mit à réfléchir.

«Cependant le moment fixé arriva. Le roi ceignit une épée et serra son vêtement inférieur; lorsque la nuit fut venue, il se rendit seul auprès du yoguî et le salua. Le yoguî l'invita à s'approcher et à s'asseoir. Le roi s'assit et aperçut tout autour de lui diverses espèces de fantômes, de spectres et de sorcières, à l'aspect redoutable, qui dansaient, et au milieu d'eux, le yoguî, qui faisait de la musique sur deux crânes. La vue de ce spectacle ne lui causa aucune frayeur. «Qu'avez-vous à m'ordonner? dit-il «au yoguî. — Sire, répondit celui-ci, puisque vous «êtes venu, faites une chose. Au sud de l'endroit où «nous sommes, et à la distance de deux kos[2], se «trouve un cimetière; dans ce cimetière il y a un «siris, et à cet arbre est suspendu un cadavre, Allez «vite me chercher ce cadavre, tandis que je vais «faire ici mes dévotions.»

«Après avoir envoyé le roi à ce cimetière, le yoguî s'assit et se mit à réciter des prières.

[1] En sanscrit भाद्र. Cinquième mois de l'année indienne (août-septembre).

[2] En sanscrit क्रोश. Mesure de distance qui équivaut à environ deux milles anglais.

« L'obscurité de la nuit était effrayante; la pluie tombait par torrents, au point qu'on eût dit qu'il ne devait plus jamais pleuvoir. Des spectres hideux faisaient un tel bruit et un tel fracas que l'homme le plus brave eût été frappé de terreur en les voyant. Mais le roi n'en poursuivit pas moins sa route. Des serpents venaient s'entortiller autour de ses jambes, et il s'en débarrassait en récitant des formules magiques. Enfin, lorsqu'après avoir parcouru un chemin difficile, il arriva au cimetière, il aperçut des vampires qui saisissaient des créatures humaines et les terrassaient, des sorcières qui dévoraient des foies d'enfants, des tigres qui rugissaient, et des éléphants qui meuglaient.

« En jetant les yeux sur l'arbre, il vit qu'à partir de la racine jusqu'à la cîme, toutes les branches et toutes les feuilles étaient en feu. De tous les côtés retentissaient ces cris confus : « Tuez! tuez! saisissez-« le! saisissez-le! prenez garde qu'il ne s'échappe! » Ce spectacle n'effraya point le roi; mais il se dit en lui-même : « Ce doit être le yoguî dont le démon « m'a parlé. » Ensuite, il s'approcha de l'arbre et aperçut un cadavre attaché à une corde et suspendu la tête en bas.

« A la vue de ce cadavre, il fut satisfait; la peine qu'il s'était donnée avait été couronnée de succès. Il prit son épée et son bouclier, grimpa résolument à l'arbre, donna un coup d'épée sur la corde, et la coupa. Le cadavre tomba et poussa de grands cris. En entendant ses gémissements, le roi fut transporté de joie, et se dit : « Cet homme est vivant; » puis il descendit de l'arbre, et lui demanda qui il était.

« A cette question, le cadavre se mit à rire aux éclats : le roi en fut tout étonné. Le cadavre remonta ensuite à l'arbre et y resta suspendu. Le roi y grimpa à son tour, saisit le cadavre sous son bras, le descendit, et lui dit : « Misérable, dis-moi qui tu es. » Le cadavre ne répondit pas. Le roi réfléchit et se dit en lui-même : « C'est peut-être le marchand « d'huile dont le démon m'a parlé, et que le yoguî « avait enfermé dans un cimetière. » Après avoir fait cette réflexion, il le lia dans un drap, pour le porter au yoguî.

« Quiconque déploie un pareil courage, réussit toujours. Le vampire dit alors au roi : « Qui êtes-« vous et où m'emportez-vous? — Je suis le roi Vi-« krama, répondit-il, et je te porte à un yoguî. — « Je le veux bien, reprit le vampire; mais à la con-« dition que si vous parlez en route, je reviendrai. » Le roi accepta cette condition, et l'emporta. « Roi, « dit le vampire, les hommes sages, instruits et in-« telligents passent leur vie à se livrer aux plaisirs « de l'étude des poëmes et des sâstras[1], tandis que « les sots et les ignorants la passent à se quereller et « à dormir. Par conséquent, ce que nous pouvons « faire de mieux, c'est de nous entretenir de choses

[1] Nom que l'on donne aux ouvrages qui traitent des sciences, de la littérature, des lois ou de la religion. Ce mot, employé seul, ne s'entend ordinairement que des ouvrages de littérature et de science.

« utiles pendant le trajet que nous avons à parcou- « rir. Écoutez l'histoire que je vais vous raconter. »

I.

« Il était un roi de Banâras[1], nommé Pratâpamoukouta. Ce roi avait un fils nommé Vadjramoukouta, dont la femme se nommait Mahâdévî. Un jour, le jeune prince partit pour la chasse, emmenant avec lui le fils de son ministre, et s'avança à une grande distance dans les bois. Au milieu de ces bois, il aperçut un bel étang, sur les bords duquel des cygnes, des canards sauvages, mâles et femelles, des hérons et des poules d'eau prenaient leurs ébats. Tout autour de cet étang, des bains avaient été construits en briques, et au milieu des eaux fleurissait le lotus. Sur les bords, on voyait des arbres de diverses espèces, sous l'ombrage desquels soufflaient de frais zéphirs; on entendait le chant des oiseaux dans les branches, et, dans la forêt, s'épanouissaient des fleurs de toutes sortes, sur lesquelles venaient bourdonner des essaims d'abeilles.

« Lorsque le prince et son compagnon furent arrivés au bord de cet étang, ils se lavèrent le visage et les mains; puis ils remontèrent sur la rive.

« Il y avait en cet endroit un temple de Mahâdéva[2]. Les deux chasseurs attachèrent leurs che-

[1] Bénarès, ville capitale du district du même nom, dans la province d'Allahabad; elle est située sur le bord du Gange.

[2] Nom de Siva.

vaux, entrèrent dans le temple, et en sortirent après avoir adoré Mahâdéva.

« Pendant qu'ils rendaient leurs hommages au dieu, une princesse, suivie de ses compagnes, vint se baigner sur l'autre bord de l'étang, et, quand elle eut pris son bain et terminé ses méditations et ses prières, elle alla avec sa suite se promener à l'ombre des arbres.

« Le fils du ministre se reposait, et le prince errait en ces lieux, lorsque tout à coup ses yeux rencontrèrent ceux de la princesse. En la voyant, il fut charmé de sa beauté, et se dit en lui-même : « Ô « méchant Kâma [1], pourquoi viens-tu me tourmen- « ter? » La princesse, de son côté, dès qu'elle aperçut le jeune prince, prit dans sa main une fleur de lotus qu'elle avait attachée à sa tête, après avoir rendu ses hommages à la divinité, puis elle la mit à son oreille, la coupa avec ses dents, et la jeta sous ses pieds; ensuite elle la ramassa, et la plaça sur son sein, et enfin elle remonta sur sa monture et retourna à sa demeure avec ses suivantes. Le prince, désespéré et chagrin de son absence, revint auprès du fils du ministre, et lui raconta son aventure en rougissant. « Mon ami, lui dit-il, j'ai vu une belle « jeune fille; j'ignore son nom et sa demeure; si je « ne l'obtiens pas, je ne veux plus vivre : c'est ma « ferme résolution. »

« Lorsque le prince lui eut fait cet aveu, le fils du ministre le fit monter à cheval, et le ramena à son

[1] Fils de Brahmâ, et dieu de l'amour.

palais. Mais le prince était si triste, qu'il n'écrivait plus, ne lisait plus, ne mangeait plus, ne buvait plus, ne dormait plus, et renonçait à tout, même aux affaires de l'État. Il passait tout son temps à dessiner le portrait de la jeune princesse; puis il le regardait, et se mettait à pleurer. Il ne proférait pas une seule parole, et n'écoutait personne.

« Le fils du ministre, voyant l'état où le chagrin avait réduit le jeune prince, lui dit : « Quiconque a « mis le pied sur le chemin de l'amour, ne peut plus « vivre ; et s'il survit, il n'éprouve plus que de la dou« leur. Aussi les gens sages ne marchent-ils jamais « sur ce chemin. — Je suis entré dans ce chemin, « répondit le prince, quoi qu'il en puisse advenir, « soit plaisir, soit chagrin. »

« Lorsque le fils du ministre entendit cette réponse résolue du prince, il lui dit : « Seigneur, cette « jeune fille, en s'en allant, vous a-t-elle dit quelque « chose, ou lui avez-vous parlé? — Je ne lui ai rien « dit, répondit le prince, et elle ne m'a rien dit non « plus. » Alors le fils du ministre reprit : « Il sera « bien difficile de la rencontrer. — Si je l'obtiens, « répliqua le prince, je vivrai; sinon, c'en est fait « de moi. — Vous a-t-elle fait quelque signe ou quel« que geste? demanda le fils du ministre. — Voici, « répondit le prince, ce qu'elle fit dès qu'elle m'a« perçut : elle retira de dessus sa tête une fleur de « lotus; puis elle la mit à son oreille, la coupa avec « ses dents, la jeta sous ses pieds, et enfin la déposa « sur son sein. — J'ai compris les signes qu'elle vous

« a faits, reprit le fils du ministre, et je connais son « nom et sa demeure. — Puisque tu as compris ces « signes, dit le prince, donne m'en donc l'explication. « — Seigneur, répondit le fils du ministre, écou-« tez : en retirant de dessus sa tête la fleur de lotus « pour la mettre à son oreille, elle a voulu vous faire « entendre qu'elle habitait le Karnâtaka[1]; en la cou-« pant avec ses dents, elle a voulu vous dire qu'elle « était fille du roi Dantavâta; en la jetant sous ses « pieds, elle a voulu vous faire comprendre qu'elle « se nommait Padmâvatî; et en la déposant sur son « sein, elle a voulu vous déclarer qu'elle vous por-« tait dans son cœur. — Hé bien, dit le prince, il « faut que tu me conduises dans la ville où elle ha-« bite. »

« A ces mots, ils s'habillèrent, prirent leurs armes, et, emportant avec eux des bijoux, ils montèrent à cheval et se dirigèrent vers la demeure de la princesse.

« Après plusieurs jours de marche, ils entrèrent dans le Karnâtaka et parcoururent la ville. En arrivant près des palais du roi, ils aperçurent une vieille femme qui était assise à sa porte, et filait.

« Ils descendirent tous deux de cheval, et s'approchant de la vieille, ils lui dirent : « Mère, nous « sommes des marchands voyageurs; nos marchan-« dises arrivent derrière nous, et nous venons en

[1] Province qui a donné son nom au Karnatique, mais qui s'étendait davantage au centre de la péninsule, et comprenait le Mysoure.

« avant pour chercher une demeure; si vous voulez « nous loger, nous resterons ici. » La vieille, regardant leurs visages et entendant leurs paroles, eut compassion d'eux et leur dit : « Cette maison est à « vous; restez-y aussi longtemps que vous voudrez. »

« A ces mots, le prince et son compagnon entrèrent dans la maison. Quelques instants après, la vieille vint s'asseoir avec bonté auprès des voyageurs, et lia conversation avec eux. Cependant le fils du ministre lui dit : « Quels sont les membres de votre famille « et vos plus proches parents, et comment gagnez-« vous de quoi subsister? — Mon fils, répondit la « vieille, est au service du roi, et vit fort à son aise. « Quant à moi, je suis la nourrice de Padmâvatî, « fille de ce prince : vu mon grand âge, j'habite cette « maison; mais le roi pourvoit à mes besoins. Je vais « tous les jours voir la jeune princesse, et je reviens « ensuite à la maison me livrer à mes peines. » Le prince fut charmé de cette réponse et dit à la vieille : « Demain, lorsque vous irez voir la princesse, veuil-« lez lui porter un message de ma part. — Mon fils, « répondit la vieille, pourquoi attendre jusqu'à de-« main? Dites-moi ce que c'est, et, à l'instant même, « j'irai porter votre message. — Hé bien, dit le prince, « allez dire à la fille du roi que le prince qu'elle a « vu sur le bord d'un étang, le cinquième jour de « la quinzaine claire du mois de djétha[1], est arrivé. »

« Aussitôt la vieille prit un bâton dans sa main,

[1] En sanscrit ज्येष्ठ. Deuxième mois de l'année indienne (mai-juin).

et alla au palais du roi. En entrant, elle vit la princesse, qui était seule. Lorsque la vieille se présenta devant elle, la princesse lui fit un salut. La vieille lui donna sa bénédiction et lui dit : « Ma fille, j'ai « été à votre service pendant votre enfance, et je vous « ai nourrie de mon lait : maintenant, Bhagavân vous « a fait grandir. Tout ce que mon cœur désire, c'est « de vous voir heureuse dans votre jeunesse ; votre « bonheur sera le mien. » Puis, après lui avoir tenu ce langage affectueux, elle ajouta : « Le prince que « vous avez charmé le cinquième jour de la quin« zaine claire du mois de djétha, au bord d'un étang, « est venu demeurer chez moi ; il vous envoie ce mes« sage, et me charge de vous annoncer son arrivée, « afin que vous remplissiez la promesse que vous « lui avez faite. Je vous assure que ce prince est digne « de vous, et qu'il a autant de mérite que vous avez « de beauté. »

En entendant ces paroles, la princesse se mit en colère ; elle prit du sandal dans ses mains, et appliqua des soufflets sur les joues de la vieille. « Mal« heureuse ! lui dit-elle, sors d'ici. » La vieille, affligée de ces mauvais traitements, se retira, et revint auprès du prince lui raconter son aventure.

« Quand le prince apprit ce qui s'était passé, il resta confondu. Alors le fils du ministre lui dit : « Seigneur, n'ayez aucune inquiétude ; vous n'avez pas « compris ce qui est arrivé. — C'est vrai, répondit « le prince ; mais explique-moi cela, afin de tranquil« liser mon esprit. — En prenant du sandal avec ses

« dix doigts, reprit le fils du ministre, et en frappant « la vieille femme au visage, la princesse a voulu « dire que, les dix derniers jours de la lune écoulés, « elle viendra au-devant de vous pendant la nuit. »

« Au bout de dix jours, la vieille retourna auprès de la princesse, et lui parla du jeune prince. Celle-ci couvrit de saffran trois de ses doigts, et frappa la vieille sur le cou, en lui disant : « Sors d'ici. » La vieille s'en alla désespérée, et revint dire au prince tout ce qui s'était passé.

« Le récit de la vieille causa au prince un profond chagrin. Le fils du ministre, le voyant dans cet état, lui dit : « N'ayez aucun souci; ce qu'a fait la « princesse a une autre signification. — Mon esprit « est inquiet, répondit le prince, dis-moi vite ce que « cela signifie. — La princesse, reprit le fils du mi- « nistre, est dans une de ses époques critiques; elle « prend en conséquence un délai de trois jours, après « lesquels elle vous fera appeler. »

« Lorsque les trois jours furent écoulés, la vieille alla, de la part du prince, s'informer de la santé de la fille du roi. La princesse se mit en colère; puis elle conduisit la vieille à la porte de la partie du palais située à l'ouest, et la fit sortir. La vieille revint raconter au prince son aventure, et celui-ci fut désespéré. Cependant le fils du ministre lui dit : « L'explication de ce fait est que la princesse vous « invite à aller cette nuit au palais et à entrer par « cette porte. » Ces paroles causèrent une grande joie au prince.

« Quand le moment fut venu, le prince et son compagnon se vêtirent de brun, et se coiffèrent d'un turban; enfin, lorsqu'ils furent habillés, ils s'armèrent de toutes pièces. Pendant qu'ils faisaient ces préparatifs, la moitié de la nuit se passa. A cette heure régnait un profond silence. Les deux amis marchèrent doucement et sans faire le moindre bruit. Lorsqu'ils furent arrivés auprès de la porte, le fils du ministre resta dehors, et le prince entra. A peine celui ci avait-il franchi le seuil, qu'il aperçut la princesse qui l'attendait. Leurs yeux se rencontrèrent, et la princesse se mit à sourire; ensuite elle ferma la porte, et conduisit le jeune prince dans un appartement voluptueux.

« En arrivant dans cet appartement, le prince vit à différentes places des cassolettes étincelantes où brûlaient des parfums, et des suivantes, vêtues d'habits de diverses couleurs, qui se tenaient debout les mains jointes avec respect, chacune suivant son rang. D'un côté, était étendu un lit de fleurs; des boîtes de parfums et de bétel, des flacons d'eau de roses, des vases de fleurs et des boîtes à quatre compartiments, étaient rangés avec symétrie : de l'autre côté, des essences, des préparations de sandal, des parfums composés, du musc et du saffran, étaient déposés dans des coupes de métal. Ici étaient disposées des boîtes de différentes couleurs et contenant des préparations électuaires : là étaient des friandises de diverses espèces. Toutes les portes et les murailles étaient ornées de dessins et de peintures, et les figures représentées sur ces tableaux étaient si belles, qu'en les voyant on était enchanté. En un mot, on voyait là tout ce qui peut donner le plaisir et la joie, et telles étaient les merveilles et la magnificence de ce lieu, qu'il serait impossible de les décrire.

« La princesse Padmâvatî conduisit le jeune prince dans cet appartement, et l'invita à s'asseoir. Puis elle lui fit laver les pieds, lui fit frotter le corps avec de la poudre de sandal, lui fit mettre des guirlandes de fleurs au cou, fit répandre sur lui de l'eau de rose, et, de sa main, agita un éventail pour le rafraîchir. Alors le prince lui dit : « Votre vue seule « m'a rafraîchi; pourquoi vous donner tant de peine? « Vos mains délicates ne sont point faites pour agiter « un éventail. Donnez-moi cet éventail et asseyez- « vous.

« — Prince, répondit Padmâvatî, en venant ici « pour moi, vous vous êtes donné beaucoup de mal; « il est juste que je vous serve. » Au même instant, une des suivantes prit l'éventail des mains de la princesse, et lui dit : « Ceci est mon affaire; c'est moi « qui dois vous servir; livrez-vous tous les deux au « plaisir. »

« Les deux amants se mirent à mâcher du bétel, et entrèrent en conversation intime. Pendant ce temps parut l'aurore; la princesse fit cacher le jeune prince, et, lorsque la nuit fut revenue, ils se livrèrent de nouveau au plaisir.

« Plusieurs jours se passèrent ainsi, et lorsque le prince manifesta le désir de s'en aller, la princesse ne voulut pas le laisser partir. Au bout d'un mois, le prince fut très-inquiet et très-tourmenté. Un soir qu'il se trouvait seul, il se dit en lui-même : « J'ai « abandonné mon pays, mon gouvernement, mon « trône, ma famille et tout ce que je possède; de« puis un mois, je n'ai pas vu l'ami auquel je dois « mon bonheur. Que pensera-t-il, et comment pour« rai-je savoir ce qui lui est arrivé? » Il faisait ces réflexions, lorsque la princesse entra. Voyant l'état dans lequel il se trouvait, elle lui dit : « Prince, « quel est le chagrin qui vous tourmente, et pour« quoi êtes-vous si triste? dites-le moi. — J'ai un « ami qui m'est très-cher, répondit le prince, c'est « le fils de mon ministre. Il y a plus d'un mois que « je n'ai aucune nouvelle de lui. Cet ami est si intel« ligent et si instruit, que c'est grâce à son adresse « que je vous ai obtenue : c'est lui qui m'a expliqué « tous vos secrets.

« — Votre esprit est là, reprit la princesse, com« ment pourriez-vous être heureux ici? Ce que je « puis faire de mieux est donc de préparer des con« fitures et des friandises, et de les envoyer à votre « ami. Allez vous-même auprès de lui, et, lorsque « vous lui aurez donné de quoi vivre, et que vous « l'aurez bien consolé, revenez ici le cœur satisfait. »

« A ces mots, le prince se leva et partit. La princesse fit préparer toutes sortes de friandises, auxquelles elle mêla du poison, et les envoya. Le prince avait rejoint son compagnon, et il était assis auprès de lui, lorsque les provisions arrivèrent. « Seigneur,

« demanda le fils du ministre, comment ces friandises « sont-elles arrivées ici ? — J'étais dans l'appartement « de la princesse, répondit le prince, et je m'affli« geais en pensant à toi, lorsqu'elle vint auprès de « moi, et me dit en me regardant : Pourquoi êtes« vous triste ? Dites-moi la cause de votre chagrin. « Alors je lui parlai de ton adresse et de ton intelli« gence, et lorsque je lui eus donné tous ces détails, « elle me permit de venir auprès de toi. C'est pour « toi qu'elle envoie ces friandises : mange-les, et mon « cœur sera satisfait.

« — Vous m'avez apporté du poison, dit le fils « du ministre, il est heureux que vous n'en ayez « point mangé. Seigneur, écoutez ce que je vais vous « dire : Jamais une femme n'aime l'ami de son amant. « Vous avez eu tort de lui parler de moi.

« — Tu dis là une chose que personne n'oserait « faire, répondit le prince ; si l'homme n'avait aucune « crainte de son semblable, il n'en craindrait pas « moins Bhagavân. » En disant ces mots, il jeta de ces friandises à un chien, et l'animal n'en eut pas plus tôt mangé, qu'il périt dans les convulsions. A ce spectacle, le prince fut transporté de colère. « Il « ne faut pas, s'écria-t-il, s'unir à une femme si per« fide ; jusqu'à présent, j'ai eu dans le cœur de l'af« fection pour elle ; mais aujourd'hui je sais ce qu'elle « est.

« — Seigneur, reprit le fils du ministre, il n'y a pas « à revenir sur ce qui est passé. Ce qu'il faut main« tenant, c'est d'aviser au moyen d'emmener la prin-

« cesse chez vous. — Frère, répondit le prince, c'est « à toi de chercher ce moyen. — Tout ce que vous « avez à faire aujourd'hui, dit le fils du ministre, c'est « de retourner vers Padmâvatî, et d'exécuter ce que « je vais vous dire. En arrivant auprès d'elle, témoi- « gnez-lui beaucoup d'amour et de tendresse; et, « lorsqu'elle sera endormie, enlevez-lui tous ses bi- « joux, donnez-lui un coup de ce trident sur la cuisse « gauche, et revenez bien vite. »

« Le prince suivit ce conseil. Il retourna la nuit auprès de Padmâvatî; et, après un long entretien, les deux amants se couchèrent. Le prince épiait en secret le moment de mettre son dessein à exécution. Lorsque la princesse fut endormie, il lui enleva tous ses bijoux, lui donna un coup de trident sur la cuisse gauche, et revint à sa demeure. Après avoir raconté au fils du ministre ce qu'il avait fait, il lui remit les bijoux. Celui-ci prit les bijoux, et emmena le prince avec lui; ensuite, il se transforma en yoguî, alla s'établir dans un cimetière, se fit précepteur spirituel, et, choisissant le prince pour son disciple, il lui dit : « Allez au marché vendre ces bijoux; si quelqu'un « vous arrête, amenez-le vers moi. »

« A ces mots, le prince alla à la ville avec les bijoux, et les montra à un bijoutier qui demeurait près de la porte du palais. Celui-ci, en voyant les bijoux, les reconnut et dit au prince : « Ce sont les « bijoux de la fille du roi; dites la vérité : où les « avez-vous eus? »

« Pendant que le bijoutier avait cette explication

avec le prince, dix ou vingt personnes s'assemblèrent. Le kotwâl, informé de ce qui se passait, envoya des hommes qui arrêtèrent le prince et l'amenèrent devant lui avec les bijoux et le bijoutier. Le magistrat, lorsqu'il eut vu les bijoux, dit au prince de lui déclarer la vérité, et de lui avouer comment il les avait acquis. « C'est mon précepteur spirituel qui m'a « chargé de les vendre, répondit le prince; j'ignore « comment ils sont venus en sa possession. » Le kotwâl donna ordre d'arrêter aussi le précepteur spirituel; puis il fit comparaître devant le roi les deux accusés avec les bijoux, et il exposa toutes les circonstances de cette affaire.

« Lorsque le roi eut connaissance du fait, il interrogea le yoguî, et lui dit : « Maître, où avez-vous « eu ces bijoux? — Sire, répondit le yoguî, dans la « quatorzième nuit de la quinzaine obscure, j'étais « allé dans un cimetière pour accomplir un enchan- « tement sur une sorcière. Lorsque la sorcière fut « arrivée, je lui ôtai ses bijoux et ses vêtements, et « j'imprimai sur sa cuisse gauche la marque d'un tri- « dent. Voilà comment ces bijoux sont venus en ma « possession. »

« Le roi, après avoir entendu la réponse du yoguî, alla à l'appartement des femmes, et le yoguî s'assit sur son siége[1]. « Voyez, dit le roi à la reine, s'il y « a une marque sur la cuisse gauche de Padmâvatî,

[1] Le mot आसन (*asan*) « siége, » est le nom que l'on donne à une peau de gazelle, de tigre ou de léopard, que les religieux portent toujours avec eux, et sur laquelle ils ont l'habitude de s'asseoir.

« et quelle est cette marque. » La reine alla voir, et reconnut la marque d'un trident. Elle revint, et dit au roi : « Sire, il y a trois marques égales, et ces « marques sont disposées de telle façon, qu'on di- « rait qu'elle a été frappée avec un trident. »

« Alors le roi sortit; puis il fit appeler le kotwâl, et lui dit d'aller chercher le yoguî. Dès que le magistrat eut reçu cet ordre, il alla chercher le yoguî. Le roi se mit à réfléchir, et se dit en lui-même : « Les « affaires de famille, les désirs du cœur, et les in- « fortunes que l'on essuie, sont des choses qu'il ne « faut révéler à personne. »

« Cependant le kotwâl amena le yoguî devant le roi. Celui-ci le prit à part et lui dit : « Saint person- « nage, quel est le châtiment inscrit dans le livre « de la loi, pour une femme? — Sire, répondit le « yoguî, si un brâhmane, une vache, une femme, « un enfant ou une personne placée sous notre dé- « pendance, se rend coupable d'un acte perfide, la « peine inscrite dans la loi, est le bannissement. »

« A ces mots, le roi fit monter Padmâvatî dans un palanquin, et ordonna qu'elle fût abandonnée dans un bois. Le prince et le fils du ministre quittèrent leur demeure; ils montèrent tous deux à cheval, allèrent dans la forêt, et retournèrent dans leur ville, emmenant avec eux la princesse Padmâvatî. Au bout de quelques jours, ils arrivèrent à la maison paternelle. Petits et grands, tout le monde fut dans la joie, et le prince et la princesse éprouvèrent une satisfaction mutuelle.

« Après avoir raconté cette histoire, le vampire dit au roi Vîra Vikramâdjîta : « Quelle est celle de « ces quatre personnes qui commit une faute? Si « vous ne pouvez me donner cette explication, vous « tomberez dans l'enfer. — Ce fut le roi, répondit « Vikrama. — Comment le roi commit-il une faute? « demanda le vampire. — Le fils du ministre, dit « Vikrama, fit les affaires de son maître ; le kotwâl « exécuta les ordres du roi, et la princesse vint à « bout de ce qu'elle désirait : ce fut donc le roi qui « fit une faute en bannissant sa fille sans réflexion. »

II.

« Roi, dit le vampire :

« Dans la ville de Bardavân[1], il y avait un roi nommé Roûpaséna. Un jour, ce prince se trouvant dans un pavillon situé à l'entrée de son palais, entendit des étrangers qui faisaient du bruit au dehors. « Qui est à la porte? demanda le roi, et quel est ce « tapage que j'entends? — Sire, dit le portier, vous « avez bien raison de faire cette question. Une foule « de gens viennent s'asseoir devant la porte des riches « pour leur demander des moyens de subsister et de « l'argent, et ils disent toutes sortes de choses : ce « sont des individus de cette espèce qui font ce bruit. » A ces mots, le roi se tut.

[1] Burdwan, ville de la province du Bengale, et capitale du district qui porte le même nom.

« Cependant un voyageur nommé Vîravara, râdjpoût [1] arrivant du Midi, se présenta à la porte du palais, dans l'espoir d'obtenir du service chez le roi. Le portier, après s'être assuré de ce qu'il était, alla dire au roi : « Sire, un homme armé vient vous « demander du service; il attend à la porte. Si votre « majesté veut bien le permettre, il se présentera « devant vous. » Le roi donna ordre de le faire entrer, et le portier alla le chercher. « Râdjpoût, dit « le roi à l'étranger, que vous donnerai-je pour vos « dépenses de chaque jour? — Donnez-moi mille « tolas [2] d'or par jour, répondit Vîravara, et je pour- « rai subsister. — Combien avez-vous de personnes « avec vous? demanda le roi. — J'ai d'abord ma « femme, répondit Vîravara, puis mon fils et ma « fille : nous sommes quatre en tout. » En l'entendant parler ainsi, les courtisans se tournèrent de côté pour rire; mais le roi se mit à réfléchir et à chercher la raison pourquoi le râdjpoût lui demandait tant d'argent. Il pensa que s'il le payait cher, il en pourrait tirer profit plus tard. Après avoir fait cette réflexion, il appela son trésorier, et lui dit : « Donnez tous les jours à cet homme mille tolas d'or, « que vous prendrez dans mon trésor. »

« Cet ordre donné, Vîravara reçut mille tolas d'or pour sa paye de ce jour; ensuite il emporta cet argent

[1] Soldat de profession; homme de race mêlée ou d'origine fabuleuse.

[2] Poids de cent cinq grains troy, c'est-à-dire à douze onces la livre.

chez lui, et en fit deux parts. Il en distribua une moitié aux brâhmanes; puis, partageant l'autre moitié en deux, il en donna une aux pèlerins, aux vaïrâguîs [1], aux vaïchnavas [2], et aux sannyâsîs [3], et, avec l'autre portion, il fit préparer des aliments pour les pauvres; quant à lui, il pourvut à ses besoins avec le reste.

« C'est ainsi qu'il vivait constamment, lui, sa femme et ses enfants. Tous les soirs, il s'armait de son bouclier et de son épée, et allait veiller auprès du lit du roi; et chaque fois que ce prince s'éveillait et demandait s'il y avait quelqu'un près de lui, le râdjpoût répondait : « Vîravara est là, prêt à vous « obéir. »

« Telle était la réponse que Vîravara faisait au roi, lorsqu'il appelait; et, dès que ce prince lui donnait un ordre, il s'empressait de l'exécuter. L'amour de l'argent le faisait veiller ainsi toute la nuit; et même quand il mangeait, buvait, dormait, se reposait, marchait ou se promenait, il pensait toujours à son maître. Il est d'usage que si un homme vend un autre homme, ce dernier est vendu; mais un serviteur, par cela même qu'il sert, se vend lui-même; une fois qu'il s'est vendu, il devient dépendant : et comment être heureux, lorsque l'on est sous la dépendance d'autrui? Quelles que soient l'intelligence, la sagesse et l'instruction d'un homme, quand il est

[1] Classe particulière de religieux mendiants.

[2] Adorateurs de Vichnou.

[3] Religieux du quatrième ordre, mendiants.

devant son maître, il est saisi de crainte et reste silencieux comme un muet. Il ne se trouve à son aise que lorsqu'il est loin de lui. Voilà pourquoi les sages disent que le devoir d'un serviteur est plus difficile à remplir que le devoir de la pénitence.

« Il arriva une nuit que l'on entendit les cris d'une femme qui se lamentait : ces cris partaient d'un cimetière. « Ya-t-il quelqu'un ici? s'écria le roi, en en-« tendant ce bruit. — Je suis là, répondit Vîravara, « et j'attends vos ordres. » Alors le roi lui ordonna d'aller vers l'endroit d'où venaient les cris de cette femme, et de revenir bien vite, dès qu'il se serait informé du motif de son chagrin.

« Après lui avoir donné cet ordre, le roi se dit en lui-même : « Quiconque veut éprouver un servi-« teur doit lui donner des ordres à chaque instant. « Si le serviteur exécute ses ordres, le maître verra « que c'est un homme utile ; si, au contraire, le servi-« teur fait des objections, il reconnaîtra qu'il n'est « bon à rien : de même, c'est dans l'adversité que l'on « éprouve ses frères et ses amis ; c'est dans la pau-« vreté que l'on peut mettre sa femme à l'épreuve. »

« Lorsque Vîravara eut reçu l'ordre du roi, il alla vers l'endroit d'où partaient les cris. Le roi, de son côté, voulut éprouver le courage de son serviteur; il s'habilla de noir, et le suivit sans être vu. Cependant Vîravara arriva au cimetière où l'on entendait ces gémissements. Il aperçut une belle femme, couverte de bijoux de la tête aux pieds, qui se lamentait. Tantôt elle sautait, tantôt elle courait : elle n'avait pas une larme dans les yeux; mais elle se frappait la tête, et se jetait par terre en poussant des cris de désespoir. Vîravara la voyant dans cet état, lui dit : « Pourquoi vous lamenter et vous frap-« per ainsi? Qui êtes-vous, et quel est le chagrin qui « vous afflige? — Je suis, répondit la femme, la « fortune protectrice du roi. — Pourquoi pleurez-« vous? demanda Vîravara. » Alors elle exposa sa situation au râdjpoût, et lui dit : « Il se commet dans « la maison du roi des actes dignes d'un soûdra[1]; ce « qui sera cause que la pauvreté viendra dans sa fa-« mille, et que je l'abandonnerai. Dans un mois le « roi mourra, après avoir éprouvé de grands mal-« heurs : voilà pourquoi je gémis. J'ai répandu le « bonheur dans la maison de ce prince, et ce qui « va lui arriver me chagrine. Rien ne pourra démen-« tir la vérité de mes prédictions. — N'y a-t-il aucun « remède? demanda Vîravara; ne peut-on pas pré-« server le roi d'un pareil malheur, et le faire vivre « cent ans? — Vers l'orient, répondit-elle, et à la « distance d'un yodjana[2], est un temple de Dévî[3]. Si « vous consentez à couper de vos propres mains la « tête de votre fils, et à l'offrir à cette déesse, le roi « régnera cent ans sans éprouver aucune infortune. »

« A ces mots, Vîravara prit le chemin de sa demeure, et le roi le suivit. Arrivé chez lui, il éveilla

[1] Homme de la quatrième et dernière caste.

[2] Mesure de distance égale à quatre kos, et équivalant à neuf milles anglais.

[3] Nom de la déesse Dourgâ ou Pârvatî, femme de Siva.

sa femme, et lui raconta tout ce qui venait de lui arriver. Lorsque la femme du râdjpoût eut entendu le récit de cette aventure, elle alla réveiller son fils, et sa fille s'éveilla en même temps. Ensuite, la mère dit à son fils : « Mon fils, si vous voulez donner votre « tête, la vie du roi est sauvée, et le gouvernement « subsistera.

« — Mère, répondit l'enfant, je dois d'abord obéir « à vos ordres ; puis servir les intérêts de notre maître. « Enfin, si mon corps peut être utile à une divinité, « il n'y a rien de mieux dans le monde. Je ne dois « pas hésiter dans cette circonstance. »

« Le proverbe dit : « Un fils docile, un corps exempt « de maladie, le profit que l'on retire de la science, « un ami intelligent et une femme obéissante : voilà « cinq choses qui donnent le bonheur à l'homme « qui les possède, et chassent le chagrin. Mais un « serviteur qui obéit malgré lui, un roi avare, un « ami perfide et une femme indocile, sont quatre « choses qui éloignent le contentement et ne causent « que du chagrin.

« Si tu consens à donner ton fils, dit Vîravara à « sa femme, je vais l'emmener et l'offrir en sacrifice « à Dévî pour le salut du roi. — Fils, fille, frères, « parents, père et mère, répondit-elle, ne sont rien « pour moi. Je ne songe qu'à vous; et il est écrit « dans le livre de la loi qu'une femme ne peut se « purifier ni par les aumônes, ni par les austérités « religieuses. La vertu de la femme consiste à servir « son mari, qu'il soit boiteux, manchot, muet, sourd,

« aveugle, borgne, lépreux ou bossu. Quelques « bonnes œuvres qu'elle pratique dans ce monde, si « elle n'obéit pas à son mari, elle tombera dans « l'enfer.

« —Père, dit le fils du râdjpoût, l'homme qui sert « les intérêts de son maître vit utilement sur cette « terre, et obtient en partage le bonheur dans les « deux mondes. » La fille dit à son tour : « Si une mère « donne du poison à sa fille, si un père vend son fils, « et si un roi dépouille un de ses sujets de tout ce « qu'il possède, à qui demander protection? »

« Après avoir fait entre eux ces réflexions, ils allèrent tous les quatre au temple de Dévî : le roi les suivit sans se faire voir.

« Lorsque Vîravara fut arrivé au temple, il y entra; puis il adora Dévî, et s'écria les mains jointes : « Ô « Dévî ! je vous offre mon fils en sacrifice : puisse le « roi vivre cent ans ! » En disant ces mots, il donna un coup d'épée à son fils, et la tête de l'enfant tomba à terre. Dès que la jeune fille vit mourir son frère, elle se donna un coup d'épée à la gorge; sa tête se sépara du tronc, et tomba. La femme du râdjpoût, voyant ses deux enfants morts, se donna aussi un coup d'épée à la gorge, et sa tête se sépara de son corps. Quand Vîravara les vit morts tous les trois, il se mit à réfléchir. « Maintenant, dit-il, que mes « enfants sont morts, pour qui servirai-je, et à qui « donner l'or que je reçois du roi? » Cette réflexion faite, il se frappa de son épée, et sa tête se sépara du tronc.

« Le roi, témoin de la mort de ces quatre personnes, se dit en lui-même : « C'est pour moi que « la famille de Vîravara s'est sacrifiée : ce serait une « malédiction de garder plus longtemps un trône « pour lequel tout une famille a péri, tandis que « c'est un seul homme qui gouverne. Il ne serait pas « juste de régner à ce prix. » Après avoir fait ces réflexions, le roi voulait se frapper de son épée, lorsque Dévî vint arrêter sa main, et lui dit : « Mon « fils, j'ai été contente de ta résolution : je t'accor« derai la faveur que tu me demanderas. — Mère, « répondit le roi, si vous êtes satisfaite, rendez la « vie à ces quatre personnes. — J'y consens, reprit « Dévî. » En disant ces mots, la déesse apporta des régions infernales le breuvage d'immortalité, et ressuscita les quatre victimes. Ensuite, le roi donna à Vîravara la moitié de son royaume[1].

« Heureux, dit le vampire après avoir raconté cette « histoire, le serviteur qui n'hésita point à sacrifier « sa vie et sa famille pour son souverain! Heureux le « roi qui n'eut pas un grand désir de régner et de « vivre! Prince, je vous le demande, de ces cinq « personnages, quel fut le plus vertueux? — Ce fut « le roi, répliqua Vikramâdjîta. — Pourquoi? dit « le vampire. — Sacrifier sa vie pour son maître,

[1] Ce conte se trouve avec moins de détails dans l'*Hitopadésa*. Voyez la traduction qu'en a donnée mon savant maître M. Langlois, dans ses *Mélanges de littérature sanscrite*. Le conte II du *Toûtî-Nameh*, intitulé *Fidélité d'une sentinelle envers le roi de Tébéristan*, est une imitation du même sujet.

« répondit Vikrama, est une belle chose de la part « d'un serviteur, car c'est là son devoir; mais le roi « renonça à la royauté et au trône pour son servi- « teur, et attacha moins de prix à la vie qu'à un « fétu : il fut par conséquent le plus vertueux. »

III.

« Roi, dit le vampire :

« Il y a une ville que l'on appelle Bhogavatî, où régnait Roûpaséna. Ce prince avait un perroquet nommé Tchoûrâmana. Un jour, le roi dit à son perroquet : « Que sais-tu? — Sire, répondit le perro- « quet, je connais tout. — Hé bien, reprit le roi, « dis-moi, si tu le sais, où se trouve une belle jeune « fille d'un rang égal au mien. — Sire, répliqua le « perroquet, dans le pays de Magadha[1], il y a un « roi qui se nomme Magadheswara; le nom de la « fille de ce prince est Tchandrâvatî; c'est avec elle « que vous vous marierez; elle est fort jolie et très- « instruite. »

« Lorsque le perroquet eut prononcé ces paroles, le roi envoya chercher un astrologue nommé Tchandrakrânta, et lui fit cette question : « Avec qui me « marierai-je? » L'astrologue, à qui sa science ne laissait rien ignorer, répondit : « Il existe une jeune « fille que l'on nomme Tchandrâvatî, c'est elle que « vous épouserez. »

[1] Province qui correspond à la partie méridionale du Béhar.

« Après avoir entendu cette prédiction, le roi fit appeler un brâhmane. Il lui expliqua ce dont il s'agissait, et, au moment de l'envoyer vers le roi Magadheswara, il lui dit : « Si vous réussissez à négocier « mon mariage, je vous rendrai content. » A ces mots, le brâhmane prit congé du roi.

« La fille du roi Magadheswara avait une maïnâ[1] nommée Madanamandjarî. Un jour, la princesse dit à Madanamandjarî : « Où y a-t-il un époux digne de « moi? — Le roi de la ville de Bhogavatî, répondit « la maïnâ, est Roûpaséna : c'est ce prince qui sera « votre époux. » Bref, le roi et la princesse étaient devenus amoureux l'un de l'autre sans s'être vus, lorsque, quelques jours après, le brâhmane vint apporter le message de son souverain au roi Magadheswara. Ce prince accepta les propositions du brâhmane; puis il fit appeler un de ses brâhmanes, auquel il remit les présents de noces et tous les objets d'usage, et l'envoya avec l'autre brâhmane, en lui disant : « Présentez mes respects au roi, et quand « vous aurez imprimé sur son front la marque du « tilaka[2], revenez promptement : à votre retour, nous « nous occuperons des préparatifs du mariage. »

« Les deux brâhmanes se mirent en route. Au bout de quelques jours, ils arrivèrent auprès du roi

[1] Espèce de geai que les Indiens nomment aussi *sârikâ*. (*Coracias indica. Gracula religiosa.*)

[2] Marque faite sur le front et entre les sourcils, avec des terres coloriées ou des pommades, soit comme distinction de secte, soit comme ornement.

Roûpaséna, et lui rapportèrent tout ce qui s'était passé chez l'autre prince. Cette nouvelle réjouit le roi; il fit ses préparatifs, et partit pour se marier. Quelques jours après, il arriva dans le pays de la princesse. Le mariage célébré, il reçut les présents de noces et le douaire; ensuite, il prit congé de Magadheswara et retourna dans ses états. La princesse, en partant, emporta avec elle la cage de Madanamandjarî, et, peu de temps après, les deux époux arrivèrent dans leur pays, et vécurent heureux dans leur palais.

« Un jour que la cage du perroquet et celle de la maïnâ avaient été placées près du trône, le roi et la reine se dirent l'un à l'autre : « On ne peut passer « sa vie dans la solitude; il faut donc marier le per- « roquet et la maïnâ, et les mettre tous les deux « dans la même cage, afin qu'ils vivent heureux « aussi. » En disant ces mots, le roi et la reine firent apporter une grande cage, et y mirent les deux oiseaux.

« Quelque temps après, le roi et la reine, assis à côté l'un de l'autre, étaient en train de converser, lorsque le perroquet dit à la maïnâ : « Dans ce monde, « les jouissances sexuelles sont aussi douces que le « miel, et celui qui a vécu sur cette terre sans les « goûter, n'a pas rempli les devoirs que lui imposait « son existence : permettez donc que j'aie commerce « avec vous. — Je ne veux pas de mâle, répondit « la maïnâ. — Pourquoi? demanda le perroquet. — « Les hommes, reprit la maïnâ, sont méchants, in-

« justes, trompeurs, et tuent les femmes. — Les « femmes aussi, répliqua le perroquet, sont trompeuses, fourbes, ignorantes, égoïstes et enclines « au meurtre. »

« Pendant que les deux oiseaux se querellaient ainsi, le roi leur demanda pourquoi ils se disputaient. « Sire, dit la maïnâ, les hommes sont méchants et « assassinent les femmes : voilà pourquoi je ne veux « point de mâle. Écoutez, je vais vous raconter une « histoire, pour vous prouver que les hommes sont « tels que je le dis. »

« Dans une ville que l'on appelait Ilâpour, vivait un marchand nommé Mahâdhana. Cet homme, n'ayant pas d'enfants, passait sa vie à faire des pèlerinages et des œuvres pieuses, à entendre la lecture des Pourânas[1], et donnait beaucoup aux brâhmanes.

« Enfin, après un certain espace de temps, ce marchand eut un fils, grâce à la faveur de Bhagavân. Il célébra avec pompe la naissance de cet enfant, fit de grands présents aux brâhmanes et aux bardes, et donna à ceux qui avaient faim ou soif, et aux pauvres. Lorsque l'enfant eut atteint l'âge de cinq ans, le père le fit instruire. L'enfant sortait de la maison paternelle pour aller apprendre à lire, et lorsqu'il était avec ses camarades, il se mettait à jouer. Peu de temps après, le marchand vint à mourir, et son fils, devenu maître de ses actions, passait les jours au jeu, et les nuits à se livrer à la débauche.

[1] Recueils d'anciennes légendes mythologiques ; ils sont au nombre de dix-huit.

Il dissipa ainsi toute sa fortune en quelques années. Lorsqu'il fut tout à fait ruiné et sans ressource, il quitta son pays, et alla à la ville de Tchandrapour.

Dans cette ville, habitait un marchand fort riche, nommé Hémagoupta. Le jeune homme alla chez ce marchand, et lui dit le nom et l'état de son père. Le marchand fut charmé de l'entendre : il se leva pour l'embrasser, et lui demanda le motif de son arrivée. « J'avais pris un vaisseau, répondit le jeune « homme, et j'étais allé dans une île pour faire du « commerce ; lorsque j'eus vendu mes marchandises, « je fis une nouvelle cargaison, et je m'embarquai « pour mon pays. Soudain, une tempête si violente « s'éleva, que le vaisseau fit naufrage. Je suis resté « sur un des débris du bâtiment, et les flots m'ont « apporté jusqu'ici. Je suis honteux d'avoir perdu « toute ma fortune : dans la situation où je me trouve « aujourd'hui, comment aller me montrer aux ha- « bitants de ma ville? »

« Lorsque le jeune homme eut fini de parler, le marchand se mit à réfléchir. « Bhagavân, dit-il en « lui-même, a dissipé toutes mes inquiétudes, pen- « dant que j'étais tranquillement chez moi ; c'est à « la bonté de Bhagavân qu'est dû un si heureux « événement. Il ne faut pas différer ; ce que j'ai de « mieux à faire, est de donner la main de ma fille à « ce jeune homme. Le plus tôt sera le mieux : qui « peut connaître le lendemain? »

« Après avoir conçu ce projet, Hémagoupta alla trouver sa femme, et lui dit : « Le fils d'un marchand

« vient d'arriver; si vous y consentez, nous lui don« nerons notre fille Ratnâvatî en mariage. »

« Cette proposition plut à la femme du marchand. « Une telle union, répondit-elle, ne peut être formée « que sous les auspices de Bhagavân, car nos désirs « ont été remplis pendant que nous restions tranquil« lement chez nous. Il faut donc, sans tarder davan« tage, appeler un prêtre officiant, faire fixer le jour « favorable, et célébrer le mariage. » Alors le marchand fit venir un brâhmane, et, lorsqu'on eut déterminé la conjonction des planètes et le moment favorable, il donna au jeune homme la main de sa fille avec une riche dot. Le mariage terminé, les deux époux restèrent dans la maison du marchand. Quelques jours après, le nouveau marié dit à sa femme : « Il y a longtemps que je suis arrivé dans « votre pays, et je n'ai reçu aucune nouvelle de ma « famille, ce qui me tourmente beaucoup. Je vous « ai fait connaître ma position; maintenant je vous « prierai d'engager votre mère à me permettre « de prendre congé d'elle et d'aller dans ma ville. « Si vous voulez me suivre, nous partirons en« semble.

— « Mon mari désire prendre congé de vous et « aller dans son pays, dit Ratnâvatî à sa mère ; tâchez « de vous arranger de manière à ne pas le contra« rier. » La femme du marchand alla trouver son mari, et lui dit : « Votre gendre demande la permis« sion d'aller chez lui. — Bien, répondit Hémagoupta, « nous le laisserons partir; car nous n'avons aucune

« autorité sur le fils d'autrui; nous ferons en sorte « qu'il soit content. »

« A ces mots, il appela sa fille, et lui dit : « Dites-« moi, voulez-vous aller dans la famille de votre « beau-père, ou rester dans la maison de votre mère? » Ratnâvatî rougit et ne répondit pas; puis elle retourna auprès de son mari, et lui dit : « Mon père « et ma mère ont répondu qu'ils feront tout pour « vous contenter; ne me quittez pas. »

« Le marchand fit appeler son gendre, lui remit une grande somme d'argent, et lui permit de prendre congé; puis il donna à sa fille un palanquin et une esclave pour l'accompagner. Les deux époux partirent. En arrivant dans un bois, le mari dit à sa femme : « Cet endroit est très-dangereux : si vous « voulez ôter tous vos bijoux et me les donner, je « les cacherai dans ma ceinture; lorsque nous serons « près d'une ville, vous pourrez les remettre. » Ratnâvatî ôta tous ses bijoux et les donna à son mari. Celui-ci les prit; ensuite il congédia les porteurs, tua l'esclave et la jeta dans un puits; enfin, il poussa violemment sa femme dans le puits, et s'en alla à son pays, emportant avec lui tous les bijoux.

Cependant un voyageur qui passait par là entendit des gémissements. Il s'arrêta, et se dit en lui-même : « D'où viennent ces gémissements et ce son « de voix humaine que j'entends dans ce bois? » Tout en faisant cette réflexion, il s'avança vers l'endroit d'où partaient les cris, et aperçut un puits. Il regarda dans ce puits, et vit une femme en pleurs : il la retira, et lui demanda ce qui lui était arrivé. « Qui « êtes-vous? lui dit-il, et comment êtes-vous tombée « dans ce puits? — Je suis, répondit-elle, la fille du « marchand Hémagoupta. J'allais avec mon mari dans « son pays, lorsque des voleurs vinrent nous entou- « rer; ils tuèrent mon esclave et me jetèrent dans ce « puits, et enfin, ils attachèrent mon mari et l'em- « menèrent en emportant mes bijoux. J'ignore où ils « sont allés, et ils ne savent ce que je suis devenue. »

« Le voyageur ramena la fille du marchand, et l'accompagna jusqu'à sa porte. Ratnâvatî rentra chez son père et sa mère, et ceux-ci, la voyant revenir, lui demandèrent ce qui lui était arrivé. « Des voleurs « nous ont dévalisés en route, répondit-elle; ils ont « tué mon esclave et l'ont jetée dans un puits; en- « suite ils m'ont poussée dans un puits desséché; ils « ont lié mon mari, l'ont emmené avec eux, et em- « porté mes bijoux. Comme ils demandaient encore « de l'argent à mon mari, il leur répondit : « Vous « m'avez pris tout ce que j'avais : que me reste-t-il « maintenant? » J'ignore s'ils l'ont tué, ou s'ils lui « ont rendu la liberté. — Ma fille, dit le père, soyez « sans inquiétude : votre mari est vivant; si Bhaga- « vân le veut, il reviendra vers vous dans peu de « jours; car ce que les voleurs cherchent, c'est de « l'argent, et non la vie des autres. »

« Hémagoupta donna à sa fille d'autres bijoux pour remplacer ceux qu'elle avait perdus, et lui prodigua toutes espèces de consolations. Le fils du marchand, de son côté, une fois arrivé dans son pays, vendit tous les bijoux et passa les jours et les nuits à se livrer à la débauche et au jeu, jusqu'à ce qu'il eût dépensé tout son argent, et qu'il ne lui restât pas même de quoi avoir du pain. Enfin, lorsqu'il se trouva réduit à la dernière misère, il songea à retourner chez son beau-père, sous prétexte de lui annoncer la naissance d'un petit-fils, et de venir le féliciter au sujet de cet événement. Cette résolution prise, il se mit en route, et arriva au bout de quelques jours. Au moment où il allait entrer dans la maison, sa femme l'aperçut et se dit en elle-même : « Voici mon mari ; pourvu que ce ne soit pas la crainte « qui le fasse revenir. » Elle alla aussitôt au-devant de lui, et lui dit : « Mon mari, ne craignez rien. J'ai « dit à mon père que des voleurs avaient tué mon « esclave, qu'ils m'avaient jetée dans un puits, après « m'avoir fait ôter mes bijoux, qu'ils vous avaient « lié et vous avaient emmené avec eux. Dites la même « chose que moi ; soyez sans inquiétude : cette maison « est à vous, et je suis votre servante. » En disant ces mots, elle rentra chez elle, et son mari alla trouver le marchand. Celui-ci se leva pour l'embrasser, et lui demanda ce qui lui était arrivé. Le jeune homme raconta les choses, suivant les instructions qu'il avait reçues de sa femme. Ce fut une joie dans toute la famille. Le marchand fit préparer un bain à son gendre, et le fit manger ; puis, après lui avoir prodigué toutes les marques d'amitié, il lui dit : « Cette maison est la vôtre ; restez-y et soyez « heureux. » Le jeune homme resta.

« Peu de temps après, la fille du marchand, parée de ses bijoux, alla un soir coucher auprès de son mari, et s'endormit. Au milieu de la nuit, le mari la voyant dormir d'un profond sommeil, lui donna un coup de couteau dans la gorge et la tua; il lui enleva ensuite tous ses bijoux, et se sauva dans son pays.

« Sire, dit la maînâ lorsqu'elle eut terminé ce récit, « j'ai vu cela de mes propres yeux, et voilà pourquoi « je ne veux pas de mâle. Voyez, sire, l'homme est « par sa nature comme un voleur de grand chemin; « qui voudrait se lier d'amitié avec un pareil être, « et nourrir un serpent dans sa maison? Réfléchissez « vous-même, et dites-moi quelle faute cette femme « avait commise. »

— « Perroquet, dit le roi après avoir entendu cette « histoire, raconte-moi quels sont les défauts des « femmes. — Sire, répondit le perroquet, écoutez :

« Dans la ville de Kantchanapour, il y avait un marchand nommé Sâgaradatta, dont le fils se nommait Srîdatta. Dans une autre ville que l'on appelait Djayasrîpour, habitait un marchand nommé Somadatta, lequel avait une fille qui portait le nom de Djayasrî. Cette fille était mariée avec le fils de Sâgaradatta. Le mari voyageant en pays étrangers pour son commerce, sa femme restait avec son père et sa mère.

« Lorsque le jeune homme eut passé douze ans à faire du commerce, et que sa femme eut atteint l'âge de jeunesse, elle dit un jour à une de ses amies :

« Ma sœur, voilà comment se passe ma jeunesse ; je « n'ai encore goûté aucun des plaisirs du monde. « — Prends patience, lui répondit son amie, s'il « plaît à Bhagavân, ton mari reviendra bientôt au- « près de toi. » A ces mots, Djayasrî se fâcha ; elle monta sur un balcon, et, regardant à travers la jalousie, elle aperçut un jeune homme qui passait. Quand le jeune homme arriva près de la maison, leurs yeux se rencontrèrent, et leurs deux cœurs se réunirent. « Amène-moi cet homme, » dit alors Djayasrî à son amie.

« Aussitôt, l'amie alla vers ce jeune homme, et lui dit : « La fille de Somadatta veut vous voir en « particulier ; mais venez chez moi ; » et elle lui indiqua sa demeure. « J'irai ce soir, » répondit-il. L'amie retourna auprès de la fille du marchand, et lui dit : « Il m'a répondu qu'il viendrait ce soir. — Va chez « toi, dit Djayasrî à son amie ; lorsqu'il sera arrivé, « tu m'avertiras, et je sortirai d'ici dès que j'en aurai « le loisir. » L'amie alla à sa maison, et s'assit à la porte en attendant le jeune homme. Celui-ci ne tarda pas à venir ; elle le fit asseoir sur le seuil : « Restez « ici, lui dit-elle, je vais annoncer votre arrivée ; » puis elle courut chez Djayasrî, et lui dit : « Ton bien- « aimé est venu.

— « Attends un peu, répondit la fille du marchand, « quand les gens de la maison seront endormis, j'irai. » Quelques instants après, vers le milieu de la nuit, et au moment où tout le monde dormait, elle se leva doucement et sortit avec son amie. Elles furent bientôt arrivées au lieu du rendez-vous, et les deux amants purent se réunir sans la moindre gêne. Lorsqu'il ne resta plus de la nuit que quatre gharîs [1], Djayasrî se leva, rentra chez elle sans faire de bruit, et alla se coucher. Le galant, de son côté, retourna au logis dès que le jour fut venu.

« Plusieurs jours se passèrent ainsi : à la fin, le mari de Djayasrî revint de l'étranger chez son beau-père. Quand la fille du marchand vit son mari, elle devint soucieuse, et dit à son amie : « Je suis dans « l'inquiétude; je ne sais que faire ni où aller; j'ai « perdu le sommeil, la faim et la soif : rien ne m'est « agréable, ni le froid, ni le chaud. » Elle raconta ensuite à son amie tout ce que son cœur éprouvait.

« La journée se passa comme elle put; mais le soir, lorsque le mari de Djayasrî eut soupé, sa belle-mère lui fit dresser un lit dans un pavillon séparé, et, après l'avoir invité à prendre du repos, elle dit à sa fille d'aller remplir ses devoirs auprès de son mari. Djayasrî fut mécontente et ne répondit pas. Comme sa mère lui réitérait cet ordre avec menace, elle ne put opposer aucune résistance; elle alla donc auprès de son mari, et se coucha sur le lit en détournant son visage. Plus son mari lui prodiguait les paroles affectueuses, plus elle ressentait de dépit. Quand il lui donna les vêtements et les bijoux de toutes sortes qu'il avait apportés pour elle de divers pays, en lui disant : « Mets ceci, » sa colère

[1] Espace de vingt-quatre minutes; soixantième partie du jour et de la nuit.

ne fit qu'augmenter; elle détourna la tête et fronça les sourcils. Le mari, désespéré, s'endormit; car il était fatigué de son voyage. Quant à Djayasrî, le souvenir de son amant l'empêcha de dormir.

« Lorsqu'elle vit que son mari dormait d'un profond sommeil, elle se leva tout doucement, et malgré l'obscurité de la nuit, elle alla, sans éprouver la moindre crainte, vers la demeure de son galant. Un voleur la rencontra en route, et se dit en lui-même : « Où va cette femme seule, au milieu de la « nuit, avec ses bijoux? » Tout en faisant cette réflexion, il la suivit. Djayasrî arriva comme elle put au logis du galant; un serpent l'avait piqué, et il était mort. Elle crut qu'il était endormi, et comme son absence n'avait fait qu'exciter la passion qu'elle avait pour lui, elle l'embrassa sans s'inquiéter de rien, et lui prodigua ses caresses. Le voleur se tenait à une certaine distance, et était témoin de ce spectacle.

« Un mauvais génie, qui était assis sur un pipâla[1], vit tout ce qui se passait. Soudain, il lui vint l'idée d'entrer dans le corps du galant, et d'avoir commerce avec cette femme. Ce dessein conçu, le mauvais esprit s'introduisit dans le cadavre, et, après avoir eu commerce avec Djayasrî, il lui coupa le nez avec ses dents, et retourna sur son arbre. Le voleur fut témoin de cette aventure. Djayasrî, désolée et couverte de sang, courut chez son amie, et lui raconta ce qui lui était arrivé. « Retourne bien

[1] Figuier sacré (*Ficus religiosa*).

« vite auprès de ton mari avant le lever du soleil, « lui dit celle-ci, et lorsque tu seras rentrée, mets- « toi à jeter de grands cris : si quelqu'un t'interroge, « tu répondras que ton mari t'a coupé le nez. »

« Djayasrî suivit le conseil de son amie ; elle rentra aussitôt chez elle, et se mit à crier de toutes ses forces. En entendant ses cris, tous ses parents accoururent, et virent qu'elle n'avait plus de nez. Alors ils s'écrièrent : « Effronté, méchant, homme sans « pitié, insensé, pourquoi lui avez-vous coupé le nez « sans qu'elle eût commis aucune faute? » Le mari, voyant cette comédie, commença à réfléchir, et se dit en lui-même : « On ne doit se fier ni à un carac- « tère inconstant, ni à un serpent noir[1], ni à un « homme armé, ni à un ennemi, et il faut redouter « les actes d'une femme. Que ne peut décrire un « poëte distingué? Que ne connaît pas un yoguî? « Que ne dit pas un homme ivre? Que ne peut « faire une femme? Il est vrai : les vices d'un che- « val, le bruit de la foudre, le caractère de la femme « et la destinée de l'homme, sont des choses que les « dieux eux-mêmes ne connaissent pas : comment les « mortels pourraient-ils les connaître? »

« Cependant le père de Djayasrî fit avertir le kotwâl. Les gardes à pied de la police arrivèrent, et, après avoir garrotté le mari, ils l'amenèrent devant le magistrat. Le kotwâl prévint le roi; celui-ci se fit amener le mari, et lui demanda ce qui s'était passé.

[1] काला सांप. Le kâlâ-sâmp ou krichna-sarpa est le nom d'un serpent d'une espèce particulière.

Il répondit qu'il ne savait rien. Lorsque le roi eut fait appeler la fille du marchand et l'eut questionnée : « Sire, lui dit-elle, vous voyez, l'outrage est « manifeste ; pourquoi m'interroger? — Quel châti- « ment dois-je t'infliger? dit le roi au mari. — Je m'en « rapporte à votre équité, répondit celui-ci ; infli- « gez-moi la peine que vous voudrez. — Hé bien, « dit le roi, qu'on emmène cet homme, et qu'on « l'empale. »

« Dès que le roi eut donné cet ordre, ses gens emmenèrent Srîdatta pour l'empaler. Le hasard voulut que le voleur se trouvât là, et fût témoin de cette scène. Voyant qu'on allait faire mourir un innocent, il cria justice. Le roi l'appela et lui demanda qui il était. « Sire, répondit-il, je suis voleur, et cet « homme n'est point coupable ; il ne mérite pas la « mort, et vous n'avez pas fait justice. » Alors le roi fit venir le mari, et dit au voleur : « Dis-moi la vé- « rité suivant ta religion, et donne-moi des explica- « tions sur cette affaire. » Le voleur exposa clairement le fait. Le roi comprit tout ; il envoya des messagers, et se fit apporter le nez, qui était resté dans la bouche du galant, lequel était mort. Quand il vit ce nez, il reconnut que le mari était innocent, et que le voleur avait dit vrai. « Sire, dit ensuite le voleur, pro- « téger les bons et punir les méchants, c'est le devoir « des rois. »

« Sire, ajouta le perroquet Tchoûrâmana, voilà « les qualités dont les femmes sont remplies. » Le roi ordonna qu'on noircît le visage de cette femme, qu'on lui rasât la tête, et, après l'avoir fait promener ainsi par toute la ville, montée sur un âne, il la fit mettre en liberté; ensuite, il donna du bétel au voleur et au fils du marchand, et leur permit de prendre congé de lui [1]. »

« Prince, dit le vampire lorsqu'il eut raconté cette « histoire, quel fut le plus coupable des deux crimi- « nels? — Ce fut la femme, répondit le roi Vîra « Vikramâdjîta. — Comment cela? demanda le vam- « pire. — Quelque méchant que soit un homme, « reprit le roi, il conserve encore le sentiment du

[1] L'histoire de la femme au nez coupé est une de celles que les auteurs orientaux et européens ont le plus souvent imitées. La plus ancienne rédaction que l'on en connaisse se trouve dans le *Pantchatantra* (liv. I, conte 4). Elle diffère de celle-ci par les détails; mais elle s'en rapproche quant au fond. On la retrouve dans la version arabe du Pantchatantra intitulée *Kalila et Dimna*, et, de ce dernier ouvrage, elle a passé successivement dans le *Directorium humane vite* de Jean de Capoue, lequel l'avait traduite sur une version hébraïque du livre arabe; dans les *Discorsi degli animali* d'Agnuolo Firenzuola, la *Filosofia morale* del Doni, la *Filosofie fabuleuse* de Pierre de La Rivey, le *Livre des lumières* de David Sahid, et les *Contes et Fables indiennes traduites du turc*.

Le même conte a été reproduit ou imité dans d'autres recueils orientaux, et notamment dans l'*Hitopadésa* et l'ouvrage persan intitulé *Bahar-Danich*. Le conte XVIII du *Toûtî-Nameh*, qui a pour titre : *De l'intimité de Besheer avec une femme nommée Chunder*, est aussi une imitation de ce sujet.

Parmi les imitateurs européens, je dois citer le fablier Guérin, Antoine de Châteauneuf (*Cent nouvelles nouvelles*), Boccace, Sansovino, Malespini, Annibale Campeggi, et l'auteur des *Délices de Verboquet le généreux*, qui a reproduit une des versions du *Kalila*. Enfin, Massinger, dans sa pièce intitulée *The Guardian*, et Lafontaine, dans la *Gageure des trois commères*, ont imité le conte de Boccace.

« bien et du mal; mais une femme n'en a plus au-« cune idée : par conséquent, la femme fut la plus « criminelle. »

IV.

« Roi, dit le vampire :

« Dans la ville de Dharmapour [1] régnait le roi Dharmasîla. Le ministre de ce prince se nommait Andhaka. Un jour, le ministre dit au roi : « Sire, « élevez un temple, placez-y une statue de Dévî, et « rendez-lui constamment vos hommages; car il « est écrit, dans les sâstras, qu'un grand mérite est « attaché à l'accomplissement de cet acte religieux. » Le roi fit bâtir un temple, et y mit une statue de Dévî, qu'il adora suivant le rite prescrit par les sâstras. Il n'aurait pas même bu de l'eau sans offrir ses hommages à la déesse. Quelque temps s'étant ainsi écoulé, son ministre lui dit un jour : « Sire, il y a « un proverbe bien connu : la maison d'un homme « qui n'a pas un fils est une maison vide; l'esprit « d'un insensé est vide; tout ce que possède le pauvre, « est vain. »

« A ces mots, le roi alla au temple de Dévî, et joignant les mains, célébra les louanges de la déesse. « Ô Dévî, s'écria-t-il, Brahmâ, Vichnou [2], Roudra [3]

[1] Cette ville est probablement la même que Dharmapourî, ville en ruines, faisant partie de la province de Malwa et de la principauté de Dhar, et située sur la rive nord de la Nerbudda.

[2] Conservateur du monde, et l'une des trois divinités qui constituent la triade indienne.

[3] Nom de Siva.

« et Indra sont toujours vos serviteurs. Vous avez « détruit les Daïtyas [1], sans en excepter Mahichâsour, « Tchandamounda et Raktavîdja, et vous avez déli- « vré la terre du fardeau qui pesait sur elle. Toutes « les fois que vos fidèles sont tombés dans le mal- « heur, vous êtes venue à leur secours. C'est avec « cet espoir que je me suis présenté à la porte de « ce temple; veuillez donc exaucer mes vœux. » Lorsque le roi eut achevé cette prière, une voix se fit entendre dans le temple, et lui dit : « Prince, je « suis contente de toi; demande-moi la faveur que « tu voudras. — Mère, répondit le roi, puisque « vous êtes contente de moi, accordez-moi un fils. « — Prince, reprit Dévî, tu auras un fils puissant « et illustre. » Alors le roi offrit à la déesse du sandal, du riz, des fleurs, des parfums, des lampes et des aliments consacrés, et il ne manqua pas un seul jour de lui rendre les mêmes hommages.

« Peu de temps après, le roi eut un fils; il alla avec sa famille, et au son des instruments de musique, rendre grâces à Dévî.

« Il arriva un jour qu'un blanchisseur d'une autre ville vint à Dharmapour avec un de ses amis; cet homme aperçut le temple de Dévî, et voulut aller se prosterner devant la déesse. Pendant ce temps, il vit passer près de lui la fille d'un blanchisseur, laquelle était très-belle, et il fut charmé en la voyant.

[1] Ennemis des dieux et enfants de Diti, une des femmes de Kasyapa.

Il alla ensuite adorer Dévî; il se prosterna les mains jointes, et se dit en lui-même : « Ô Dévî, si, grâce « à votre faveur, je puis épouser cette belle jeune « fille, je vous offrirai ma tête en sacrifice. » Après avoir fait ce vœu, il se prosterna de nouveau, et retourna dans sa ville avec son ami. Quand il fut arrivé chez lui, l'absence de l'objet de son amour lui causa tant de tourments, qu'il en perdit le sommeil, la faim et la soif. Nuit et jour, il ne pensait qu'à cette jeune fille. Lorsque son ami vit le triste état auquel il était réduit, il alla trouver son père, et lui raconta tout en détail. Ce récit alarma le père; il se mit à réfléchir et se dit : « C'est une chose évi- « dente : l'état dans lequel mon fils se trouve, est « tel que, s'il n'est pas fiancé avec cette jeune fille, « il attentera à ses jours; il faut donc le marier avec « elle, afin de le sauver. »

« Cette réflexion faite, le père se rendit, avec l'ami de son fils, au village où habitait le père de la jeune fille; puis, il alla le trouver, et lui dit : « Je viens « vous demander une chose : si vous voulez me l'ac- « corder, je vous dirai ce que c'est. — Si j'ai ce que « vous demanderez, répondit le père de la jeune « fille, je vous le donnerai; parlez. » Après l'avoir ainsi lié par sa promesse, le père du blanchisseur lui dit : « Donnez votre fille à mon fils. » Le père de la jeune fille approuva cette proposition; il fit appeler un brâhmane, et, quand on eut déterminé le jour, la conjonction des planètes et le moment favorable, il dit au père du jeune homme : « Amenez

« votre fils, et je teindrai en jaune les mains de ma « fille[1]. »

« A ces mots, le père du jeune homme retourna à sa demeure, et, lorsqu'il eut fait tous les préparatifs du mariage, il alla célébrer la cérémonie. Le mariage terminé, il revint chez lui avec son fils et sa belle-fille, et les deux époux vécurent heureux ensemble.

« Quelques jours après, il y eut chez le père de la mariée une fête à laquelle les jeunes époux furent invités. Le mari et la femme firent leurs préparatifs, et partirent pour la ville avec leur ami. Lorsqu'ils arrivèrent près de la ville, ils aperçurent le temple de Dévî. Alors le blanchisseur se rappela le vœu qu'il avait fait; il réfléchit et se dit en lui-même : « Je suis un imposteur et un impie, car j'ai osé mentir « à Dévî. »

« Après avoir fait cette réflexion, il dit à son ami : « Restez ici ; je vais rendre visite à Dévî, et je re- « viens. » Il dit aussi à sa femme de l'attendre. Il se dirigea aussitôt vers le temple, et se baigna dans un étang voisin. Quand il fut en présence de la déesse, il se prosterna les mains jointes, et se donna un coup d'épée à la gorge : sa tête se sépara de son corps et tomba à terre.

« Comme il ne revenait pas, son ami se dit : « Il « y a longtemps qu'il est parti, et il n'est pas encore

[1] C'est-à-dire : *je la marierai.* Allusion à l'usage qu'ont les Indiens d'habiller la mariée en jaune, et de lui teindre les mains et les pieds de curcuma ou safran.

« de retour; il faut que j'aille voir. Attendez-moi ici, « dit-il à la femme; je vais le chercher et je le ra- « mènerai à l'instant. » En disant ces mots, il alla au temple de Dévî; là il aperçut la tête de son ami séparée du tronc. A cette vue, il se dit en lui-même : « Le monde est un séjour où l'on ne rencontre que « difficultés; personne ne croira que mon ami a, de « sa propre main, offert sa tête en sacrifice à Dévî; « mais on dira que quelqu'un a agi traîtreusement « envers lui, et l'a tué, afin d'enlever sa femme, qui « est très-belle. Il faut donc que je meure ici; car il « n'est pas bon de se faire une mauvaise réputation « dans le monde. » A ces mots, il se baigna dans l'étang; puis, quand il fut en présence de Dévî, il se prosterna les mains jointes, et se donna un coup d'épée à la gorge; sa tête se sépara de son corps.

Pendant ce temps, la jeune femme, restée seule, s'ennuyait de les attendre. Désespérée de ne pas les voir revenir, elle se mit à leur recherche, et alla au temple de Dévî. En y entrant, elle les vit morts tous deux. A ce spectacle, elle se dit : « Le monde « ne croira pas qu'ils se sont sacrifiés à Dévî; chacun « dira que la femme était adultère, et qu'elle les a « tués tous les deux, afin de pouvoir se livrer à la « débauche. Mieux vaut la mort qu'une telle igno- « minie. »

« Après avoir fait cette réflexion, elle se plongea dans l'étang. Elle alla ensuite devant Dévî, courba la tête devant la déesse, et se prosterna. Elle prit une épée, et elle allait s'en frapper à la gorge, lorsque Dévî, descendant de son trône, vint lui saisir la main, et lui dit : « Ma fille, demande une grâce; « je suis contente de toi. — Mère, répondit la jeune « femme, si vous êtes contente de moi, rendez la « vie à ces deux hommes. — Hé bien, reprit Dévî, « attache leurs têtes à leurs corps. » La jeune femme, troublée par la joie, mit les têtes l'une à la place de l'autre. Dévî alla chercher l'onde d'immortalité, et en répandit sur les deux morts. Ceux-ci, dès qu'ils furent rendus à la vie, se relevèrent et se mirent à se quereller, disant chacun que la femme lui appartenait[1].

« Roi Vîra Vikramâdjîta, dit le vampire lorsqu'il « eut raconté cette histoire, auquel de ces deux « hommes la femme appartenait-elle? — Écoutez, ré- « pondit le roi, on trouve dans les sâstras la maxime « suivante : La Gangâ[2] est la plus grande des rivières; « le mont Soumérou[3] est la plus élevée des mon- « tagnes; le Kalpavrikcha[4] est le plus haut des arbres, « et la tête est la plus noble des parties du corps. « Par conséquent, la femme appartenait à celui qui « avait la plus noble partie du corps. »

[1] Ce sujet a été emprunté par l'auteur du *Toûtî-Nameh*, qui l'a traité dans le conte XXIV de son recueil, lequel a pour titre : *Comment le fils du roi de Babylone devint amoureux d'une jeune femme.*

[2] Le Gange.

[3] Ou Mérou. Montagne sacrée située, suivant les poëtes, au centre des sept Dwîpas ou continents.

[4] Arbre fabuleux qui croît dans le paradis d'Indra, et donne tout ce que l'on désire.

V.

« Roi, dit le vampire :

« Dans le pays de Gaur [1], il y a une ville que l'on appelle Varddhamâna [2]. Le roi de cette ville se nommait Gounasékhara, et avait pour ministre un sectateur de la religion des djaïns [3], nommé Abhaïtchanda. Ce prince se laissa convertir par son ministre, et embrassa les croyances des djaïns. Il interdit le culte de Siva et celui de Vichnou, les présents de vaches, de terres et de gâteaux de riz, le jeu et les liqueurs spiritueuses; il ne permit à aucun des habitants de la ville de se livrer à ces pratiques, ni de porter ses os dans la Gangâ. Il donna à son ministre des ordres précis à ce sujet, et celui-ci fit proclamer, dans toute la ville, que quiconque contreviendrait à cette défense, le roi confisquerait tous ses biens, et le chasserait de la ville, après l'avoir fait châtier.

« Un jour, le ministre dit au roi : « Sire, veuillez « écouter quelques explications concernant la reli- « gion. Quand un homme prend la vie d'autrui, sa « victime, à son tour, lui prend sa vie dans une « autre existence. Celui qui vient au monde avec ce

[1] Partie centrale du Bengale, s'étendant de Bang à Bhouvaneswar dans l'Orissa.

[2] Aujourd'hui Burdwan. Voyez la note de la page 36.

[3] Secte hétérodoxe qui rejette l'autorité des Védas; elle admet la distinction des castes, sans toutefois y attacher une grande importance.

« péché, ne peut en être délivré ni pendant sa vie, « ni à sa mort. L'homme naît et meurt tour à tour; il « doit donc, lorsqu'il est sur cette terre, faire pro- « vision de vertu et de mérite religieux. Voyez! « Brahmâ, Vichnou et Mahâdéva sont soumis à l'em- « pire de l'amour, de la colère, de la cupidité et de « la fascination; ils s'incarnent sous diverses formes, « et descendent sur la terre; mais la vache leur est « supérieure; car elle est exempte d'emportement, « d'inimitié, d'orgueil, de colère, de cupidité et de « fascination; elle est la protectrice des hommes, et « les petits auxquels elle donne le jour prodiguent « toutes espèces de douceurs et d'aliments aux êtres « de ce monde. Voilà pourquoi tous les dieux et les « sages ont du respect pour la vache. On ne doit « pas, par conséquent, honorer les dieux : dans ce « monde, il faut avoir de la vénération pour la vache. « Protéger tous les êtres, depuis l'éléphant jusqu'à « la fourmi, depuis les bêtes sauvages et les oiseaux « jusqu'à l'homme, est un devoir; il n'en existe pas « un qui l'égale. L'homme qui nourrit sa chair en « mangeant celle des autres animaux, va dans l'enfer « après sa mort. On doit donc protéger les animaux. « Les gens qui sont insensibles à la peine d'autrui, « et tuent les autres êtres pour les manger, ne vivent « pas longtemps sur cette terre, et ils naissent man- « chots, boiteux, borgnes, aveugles, nains, bossus « et infirmes; ceux qui dévorent la chair des bêtes « et des oiseaux, finissent par détruire leur propre « corps. Boire des liqueurs enivrantes est un grand

« péché; il ne faut, par conséquent, ni faire usage « de liqueurs, ni manger de viande. »

« Lorsque le ministre eut ainsi développé ses idées, le roi fut si bien converti à la religion des djaïns, qu'il faisait tout ce que celui-ci disait. Il n'avait plus aucun respect pour les brâhmanes, les yoguîs, les djangamas[1], les séoras[2], les sannyâsis, et les derviches, et gouvernait d'après sa nouvelle croyance.

« Ce prince étant venu à mourir, son fils, nommé Dharmadhwadja, monta sur le trône et prit les rênes du gouvernement. Un jour, il ordonna de saisir le ministre Abhaïtchanda, lui fit faire sept tresses de cheveux sur la tête, et noircir le visage; puis il donna l'ordre de le promener sur un âne, par toute la ville, au son du tambour, et enfin il le chassa du pays et régna paisiblement.

« Un jour de printemps, le roi, accompagné de ses femmes, alla se promener dans un jardin. Il y avait au milieu de ce jardin un grand étang plein de lotus fleuris. Le roi, voyant la beauté de cet étang, se déshabilla et se mit en devoir de se baigner. Il cueillit une fleur, et s'approcha vers le bord pour l'offrir à une de ses femmes; la fleur s'échappa de sa main, tomba sur le pied de cette femme et le brisa. Le roi, effrayé, s'élança hors de l'étang, et appliqua des baumes sur la blessure. Pendant que ceci se passait, la nuit survint, et la lune brilla. La chute des rayons de la lune fit lever des ampoules sur le corps

[1] Religieux errants voués au culte de Siva.

[2] Espèce de religieux mendiants.

d'une autre femme. Au même instant, le bruit d'un pilon de bois se fit entendre au loin dans la maison d'un chef de famille, et une troisième femme en éprouva un si violent mal de tête, qu'elle s'évanouit [1].

« Prince, dit le vampire après avoir raconté cette « histoire, quelle était la plus délicate de ces trois « femmes? — La plus délicate, répondit le roi, était « celle qu'un mal de tête fit évanouir. »

VI.

« Roi Vikrama, dit le vampire :

« Il y a une ville que l'on appelle Kousamâvatî. Le roi de cette ville se nommait Souvitchâra, et avait une fille nommée Tchandraprabhâ. Lorsque cette princesse fut en âge d'être mariée, elle alla un jour de printemps se promener dans un jardin avec ses compagnes. Avant qu'on eût arrangé les appartements des femmes, le fils d'un brâhmane, beau jeune homme d'une vingtaine d'années, nommé Manaswî, était entré en se promenant dans ce jardin, et, pour se rafraîchir, s'était endormi à l'ombre d'un arbre. Les serviteurs du roi étaient venus préparer les appartements des femmes; mais aucun d'eux n'avait vu le jeune brâhmane, et celui-ci était encore couché sous l'arbre, quand la princesse, suivie de ses gens, arriva dans le jardin.

[1] Le conte intitulé : *De la délicatesse de quatre femmes*, que l'on trouve dans l'*Élite des contes* du sieur D'Ouville (Paris, 1669, deuxième partie), est une imitation de celui-ci.

« En se promenant avec ses compagnes, elle vint à l'endroit où dormait le fils du brâhmane, et l'aperçut. A l'arrivée de la princesse, le jeune homme, éveillé par le bruit des pas des serviteurs, se leva et s'assit. Ses yeux rencontrèrent ceux de la fille du roi, et l'amour exerça sur les deux jeunes gens une telle influence, que le fils du brâhmane tomba évanoui, et que la princesse se trouva sans connaissance et sentit ses jambes fléchir sous elle. Ses compagnes la soutinrent dans leurs bras; puis, elles la couchèrent dans un palanquin, et la ramenèrent chez elle. Le fils du brâhmane était dans un tel état d'insensibilité, qu'il n'avait plus conscience de lui-même. Sur ces entrefaites, deux brâhmanes, nommés, l'un Sasî, l'autre Moûladéva, arrivant du pays de Kânwarou, où ils avaient fait leurs études, vinrent à passer en ce lieu. Moûladéva voyant le jeune brâhmane évanoui, dit à son compagnon : « Sasî, « pourquoi cet homme est-il tombé ainsi sans con« naissance? — Une jeune fille, répondit Sasî, lui a « décoché, avec l'arc de son sourcil, les flèches de « ses yeux; voilà pourquoi il est tombé évanoui. — « Il faut le relever, dit Moûladéva. — Quel besoin « avez-vous de le relever? répliqua Sasî. »

« Moûladéva, sans écouter Sasî, jeta de l'eau sur le visage du jeune brâhmane; ensuite, il le releva, et lui demanda ce qu'il avait. « Il faut révéler la « cause de son chagrin à qui peut y porter remède, « dit le jeune homme; mais à quoi bon la révéler « à celui qui ne peut y remédier? — Racontez-moi

« vos peines, reprit Moûladéva, j'y apporterai re-« mède. » A ces mots, le jeune brâhmane répondit : « Une princesse est venue ici tout à l'heure avec ses « compagnes; c'est en la voyant que j'ai été réduit « à cet état. Si je l'obtiens, je vivrai; sinon, je re-« nonce à l'existence. — Venez à ma demeure, dit « Moûladéva; je ferai tous mes efforts pour vous la « faire obtenir, et si je ne puis réussir, je vous don-« nerai beaucoup de richesses.

« — Bhagavân, dit Manaswî, a créé sur la terre une « foule de choses précieuses; mais la plus belle de « toutes est la femme : c'est pour elle que l'homme « désire la richesse. A quoi sert la fortune à celui « qui n'a point de femme? Dans ce monde, les bêtes « sont supérieures aux hommes qui n'ont pu pos-« séder une belle femme. Le fruit de la vertu est « la richesse, le fruit de la richesse est le bonheur, « et la femme est le fruit du bonheur : là où il n'y « a pas de femme, le bonheur n'existe point. — Je « vous donnerai tout ce que vous demanderez, ré-« pondit Moûladéva. — Brâhmane, dit Manaswî, « faites-moi obtenir cette jeune fille. — Hé bien, « répliqua Moûladéva, venez avec moi, et je vous la « ferai donner.

« Après avoir prodigué les consolations au jeune homme, Moûladéva l'amena à sa demeure. Quand ils furent arrivés, il fit deux petites boules, et en donna une à Manaswî, en lui disant : « Lorsque vous « mettrez cette petite boule dans votre bouche, vous « deviendrez une jeune fille de douze ans, et dès que

« vous la retirerez, vous reprendrez votre forme na-« turelle. Mettez-la dans votre bouche, ajouta-t-il. » Le jeune brâhmane mit la petite boule dans sa bouche, et, au même instant, il fut transformé en jeune fille de douze ans. Moûladéva mit l'autre dans sa bouche, et se changea en vieillard de quatre-vingts ans; puis, il emmena la jeune fille avec lui, et alla trouver le roi.

« Le roi, dès qu'il vit le brâhmane, le salua, et lui offrit un siége, ainsi qu'à la jeune fille. Alors le brâhmane récita un sloka[1], et donna au roi sa bénédiction en ces termes : « Puissiez-vous être protégé par Vâsou-« déva[2], dont l'éclat est répandu dans les trois mondes, « qui prit la forme d'un nain pour tromper Bali[3], « qui amena les singes avec lui, et construisit un « pont sur la mer[4], qui tint une montagne dans sa « main, et préserva de la foudre d'Indra les enfants « des bergers de Bradj[5].

« — Seigneur, lui dit le roi, d'où venez-vous? —

[1] Stance de deux lignes composées chacune de seize syllabes, et formant un vers. Le sloka est le mètre héroïque sanscrit.

[2] Nom de Krichna, fils de Vasoudéva, et incarnation de Vichnou. Ce nom sert ici à désigner Vichnou lui-même.

[3] Roi de Mahâbalipour, dépouillé de sa souveraineté par Vichnou, incarné sous la forme d'un nain; il devint, grâce à sa vertu, roi du Pâtala ou régions infernales.

[4] Allusion à un des exploits de Râma, incarnation de Vichnou, qui alla attaquer Lankâ, capitale de l'île de Ceylan, et tua le tyran Râvana, roi de cette ville, lequel lui avait ravi son épouse Sîtâ.

[5] District de la province d'Agra, comprenant les villages de Mathourâ, Gokoul, etc. Un jour, Indra, indigné de ce que les habitants de ce pays avaient abandonné son culte, excita contre eux un violent orage. Krichna souleva sur son petit doigt la montagne

« Je viens de l'autre côté de la Gangâ, où est ma « demeure, répondit le brâhmane Moûladéva; j'é- « tais allé chercher la femme de mon fils : pendant « ce temps, il y eut dans mon village une émigra- « tion générale, et je ne sais où ma femme et mon « fils se sont retirés. Maintenant, comment me mettre « à leur recherche avec cette jeune femme? Il faut « donc que je la laisse auprès de vous; ayez soin « d'elle jusqu'à mon retour. »

« En entendant ces paroles, le roi se mit à réflé- chir, et se dit en lui-même : « Comment pourrai-je « prendre soin d'une femme si belle et si jeune? Si « je ne la garde pas, ce brâhmane me donnera sa « malédiction, et mon gouvernement sera détruit. » Après avoir fait ces réflexions, le roi dit au brâh- mane : « Seigneur, je consens à faire ce que vous « m'ordonnez. » Ensuite, il fit appeler sa fille, et lui dit : « Ma fille, emmenez avec vous la belle-fille de « ce brâhmane; ayez bien soin d'elle, et, pendant le « sommeil, les veilles, les repas et les promenades, « ne la quittez pas un seul instant. »

« A ces mots, la princesse prit la belle-fille du brâhmane par la main, et la conduisit dans ses ap- partements. La nuit, elles se couchèrent toutes les deux sur le même lit, et se mirent à converser. Pendant la conversation, la belle-fille du brâhmane dit à la fille du roi : « Princesse, quel est le mal qui

Govarddhana, et s'en servit comme d'un parapluie pour les mettre à l'abri. Cette légende est développée dans le chapitre XXVI du *Prem-Sâgar*.

« vous tourmente et vous fait ainsi dessécher? — « Un jour de printemps, répondit la princesse, j'étais « allée me promener dans un jardin avec mes com- « pagnes, lorsque j'y aperçus un brâhmane dont la « beauté égalait celle de Kâmadéva[1]. Ses yeux et les « miens se rencontrèrent : il s'évanouit, et je tombai « sans connaissance. Alors mes compagnes, me voyant « dans cet état, me ramenèrent au palais. J'ignore « le nom et la demeure de ce jeune homme; l'image « de sa beauté est restée gravée dans mes yeux, et « je n'ai plus le moindre désir de manger, ni de boire. « Tel est le mal qui a réduit mon corps à cet état.

« — Hé bien, dit la belle-fille du brâhmane, si « je vous fais obtenir celui que vous aimez, que me « donnerez-vous? — Je serai votre esclave à tout « jamais, répondit la princesse. »

« Pendant qu'elle disait ces mots, le jeune brâhmane retira la petite boule de sa bouche, et redevint homme. La princesse rougit en le voyant. Puis, il l'épousa suivant le mode gandharva[2], et, continuant le même manége, il restait homme la nuit, et le jour, il se transformait en femme. Enfin, au bout de six mois, la princesse devint enceinte.

« Il arriva un jour que le roi alla avec toute sa

[1] Nom du dieu de l'amour.

[2] Un des huit modes de mariage reconnus chez les Indiens; mariage par consentement mutuel et sans aucune espèce de cérémonie.

L'union d'une jeune fille et d'un jeune homme résultant d'un vœu mutuel, est dite le mariage gandharva; née du désir, elle a pour but les plaisirs de l'amour. (*Lois de Manou*, III, 32.)

famille à une fête chez son ministre. Le fils du ministre vit à cette fête le jeune brâhmane changé en femme; il en devint amoureux, et dit à un de ses amis : « Si je n'obtiens pas cette femme, je renon« cerai à la vie. »

« Cependant le roi, après avoir assisté à la fête, retourna à son palais avec sa famille. Le fils du ministre fut chagrin de l'absence de celle qu'il aimait; son état devint de plus en plus alarmant, et il ne voulut plus boire ni manger. Son ami le voyant dans une pareille situation, alla en instruire le ministre. Dès que le père eut connaissance de la position de son fils, il alla trouver le roi, et lui dit : « Sire, mon « fils s'est épris d'amour pour la belle-fille du brâh« mane; il est dans un triste état, et refuse de man« ger et de boire. Si, par pitié, vous vouliez bien « me donner cette femme, vous sauveriez la vie à « mon fils. » A ces mots, le roi se mit en colère, et s'écria : « Insensé! un roi ne doit point commettre « une semblable injustice. Écoutez : Lorsqu'un « homme vous a confié un dépôt, est-il juste de re« mettre ce dépôt à un autre, sans la permission de « celui qui vous l'a confié? Telle est cependant la « proposition que vous me faites. »

« En entendant cette réponse, le ministre fut désespéré, et il retourna chez lui. Quand il fut témoin du chagrin de son fils, il refusa aussi de boire et de manger. Après qu'il eut passé trois jours sans prendre de nourriture, tous les officiers réunis allèrent présenter une requête au roi, et lui dirent : « Sire, le

« fils de votre ministre est à la veille de mourir; s'il « meurt, le ministre ne lui survivra pas, et si le mi- « nistre succombe, les affaires du gouvernement ne « marcheront plus; ce qu'il y aurait de mieux à faire, « ce serait de nous accorder ce que nous deman- « dons. »

« Le roi leur donna la permission de parler. Alors l'un d'eux prit la parole et dit : « Sire, il y a long- « temps que le vieux brâhmane est parti, et il n'est « pas encore de retour; Bhagavân seul sait s'il est « mort ou vivant. Il faut accorder la belle-fille de ce « brâhmane au fils de votre ministre, et affermir « ainsi votre gouvernement. Si le brâhmane revient, « vous lui donnerez des villages et des richesses, et, « s'il ne se contente pas de cela, vous marierez son « fils, puis vous le congédierez. »

« Aussitôt, le roi fit appeler la belle-fille du brâh- mane, et lui dit : « Allez chez le fils de mon mi- « nistre. » Celle-ci répondit : « Une femme perd sa « vertu, quand elle est trop belle; un brâhmane perd « son mérite religieux en servant un roi; une vache « est perdue si on la laisse dans un pâturage éloigné, « et l'injustice amène la ruine de la fortune. Sire, « continua-t-elle, si vous me donnez au fils de votre « ministre, veuillez exiger de lui une chose : c'est « qu'il fera tout ce que je lui dirai; alors je me ren- « drai à sa demeure. — Dites ce qu'il doit faire, re- « prit le roi. — Sire, répondit-elle, je suis de la caste « brâhmanique, et il est kchatriya [1]; il est par con-

[1] Homme de la seconde caste, ou guerrier.

« séquent convenable qu'il aille d'abord visiter tous « les lieux de pèlerinage, et ensuite, j'habiterai avec « lui. »

« Lorsque le roi eut entendu ces paroles, il fit venir le fils du ministre, et lui dit : « Allez visiter les « lieux de pèlerinage, et nous vous donnerons cette « brâhmanî. — Sire, répondit-il, qu'elle vienne s'é- « tablir dans ma demeure, et j'irai en pèlerinage. — « Si vous voulez d'abord aller rester chez lui, dit le « roi à la jeune femme, il ira en pèlerinage. » La belle-fille du brâhmane n'ayant rien à objecter à ce que disait le roi, alla demeurer dans la maison du fils du ministre. Celui-ci dit à sa femme : « Soyez « amies toutes deux; ayez l'une pour l'autre la plus « grande affection; évitez toute espèce de dispute ou « de contestation, et n'allez jamais dans aucune mai- « son étrangère. » Après avoir fait cette leçon aux deux femmes, il alla en pèlerinage. Sa femme, que l'on nommait Saubhâgya-Soundarî, emmena la belle-fille du brâhmane; elle se coucha le soir avec elle dans le même lit, et entama la conversation sur divers sujets. Au bout de quelque temps, elle dit à sa compagne : « Mon amie, je brûle d'amour aujour- « d'hui; mais comment obtenir ce que je désire? — « Si je remplis votre désir, répondit la belle-fille du « brâhmane, que me donnerez-vous? — Je vous « obéirai en tout, reprit-elle, et je resterai toujours « devant vous les mains jointes. » Au même instant, la belle-fille du brâhmane retira la petite boule de sa bouche, et se changea en homme. Elle continua ainsi à être homme la nuit et femme le jour, et les deux amants eurent l'un pour l'autre une grande affection.

« Six mois se passèrent ainsi, et le fils du ministre revint. A la nouvelle de son arrivée, tout le monde se livra à la joie. La belle-fille du brâhmane ôta la petite boule de sa bouche, redevint homme, et s'enfuit de l'appartement des femmes par une fenêtre.

« Peu de temps après, le jeune homme arriva chez le brâhmane Moûladéva qui lui avait donné la petite boule, et lui raconta son aventure depuis le commencement jusqu'à la fin. Lorsque Moûladéva sut tout ce qui s'était passé, il lui reprit la petite boule, et la donna au brâhmane Sasî, son compagnon. Les deux brâhmanes mirent les petites boules dans leur bouche; l'un fut transformé en vieillard, et l'autre en homme de vingt ans. Ils allèrent ensuite tous les deux trouver le roi. Quand ce prince les vit entrer, il les salua et les fit asseoir. Les deux brâhmanes lui donnèrent leur bénédiction. Il s'informa de leur santé, et dit à Moûladéva : « Où avez-vous « été si longtemps? — Sire, répondit le brâhmane, « j'étais allé à la recherche de mon fils que voici : « je l'ai trouvé, et je vous l'amène. Veuillez maintenant me donner ma belle-fille, et je l'emmènerai « chez moi avec mon fils. »

« Le roi raconta au brâhmane tout ce qui était arrivé. A ce récit, Moûladéva se mit dans une grande colère, et lui dit : « Quelle est cette manière d'agir?

« Vous avez donné la femme de mon fils à un autre ! « Bien : vous avez fait ce que vous avez voulu ; mais « maintenant, recevez ma malédiction. — Seigneur, « répondit le roi, ne soyez pas en colère ; je ferai « tout ce que vous voudrez. — Hé bien, reprit le « brâhmane, si vous craignez ma malédiction, et si « vous voulez faire ce que je vous dis, donnez votre « fille en mariage à mon fils. »

« A ces mots, le roi fit appeler un astrologue, et après que celui-ci eut fixé le jour et le moment favorable, il maria sa fille au fils du brâhmane ; puis, le jeune homme prit congé de lui, et retourna dans son village avec la princesse et sa dot.

« Quand le brâhmane Manaswî apprit ce qui s'était passé, il alla chercher querelle à Sasî. « Rendez-« moi ma femme, lui dit-il. — J'ai épousé cette femme « en présence de plusieurs personnes, répondit Sasî, « et elle m'appartient. — Elle est enceinte de moi, « répliqua Manaswî, comment pourrait-elle vous « appartenir ? » Et ils se disputèrent. Moûladéva s'efforça de leur faire entendre raison ; mais ils ne voulurent point l'écouter[1].

« Roi Vîra Vikramâdjîta, dit le vampire après avoir « raconté cette histoire, dites-moi, duquel des deux « la princesse était-elle femme ? — Elle était la femme « de Sasî, répondit le roi. — Comment pouvait-elle « être la femme de Sasî, reprit le vampire, puis-

[1] Ce sujet a été traité, mais d'une manière abrégée, par l'auteur du *Toûtî-Nameh*, dans le conte XXIII de son recueil, intitulé : *Des amours d'un Brahmine avec la fille du roi de Babylone.*

« qu'elle était enceinte de Manaswî? — Personne, « répliqua le roi, ne savait qu'elle avait un enfant « de Manaswî, et Sasî l'avait épousée en présence de « plusieurs témoins; elle était donc légitimement sa « femme, et l'enfant lui-même aura le droit de pré- « sider à ses funérailles. »

VII.

« Roi, dit le vampire :

« Il y a une montagne que l'on appelle Himâtchala[1], et auprès de cette montagne est la ville des Gandharvas[2], où régnait le roi Djîmoûtakétou. Un jour, ce prince offrit ses adorations au Kalpavrikcha, pour avoir un fils. L'arbre fut content de lui, et lui dit : « Prince, j'ai été satisfait de tes hommages : « demande la faveur que tu désires. — Accordez-moi « un fils, répondit le roi, afin que mon gouverne- « ment et mon nom ne périssent pas. — J'y consens, « reprit le Kalpavrikcha. »

« Peu de temps après, le roi eut un fils; il en éprouva une grande joie, et donna des fêtes splendides. Il fit beaucoup d'aumônes et d'actes de charité, et envoya chercher des brâhmanes pour donner un nom à l'enfant. Les brâhmanes le nommèrent Djîmoûtavâhana. Quand cet enfant eut atteint sa douzième année, il commença à adorer Siva; puis

[1] Nom de l'Himâlaya, chaîne de montagnes qui borne l'Inde au nord, et la sépare de la Tartarie.

[2] Musiciens célestes et demi-dieux qui habitent le ciel d'Indra.

il lut tous les sâstras et devint intelligent, religieux, résolu, brave, intrépide, vertueux et savant; il n'y avait alors personne qui pût l'égaler, et tous ceux qui vivaient sous son gouvernement ne s'écartaient point de leurs devoirs. Lorsqu'il fut jeune homme, il se montra aussi serviteur fervent du Kalpavrikcha; l'arbre fut content de lui, et lui dit : « Demande-moi « ce que tu veux, et je te l'accorderai.

« — Si vous êtes content de moi, répondit Djî-« moûtavâhana, éloignez la pauvreté de mes sujets, « et rendez tous ceux qui sont sous ma domination « égaux en fortune et en prospérité. » Le Kalpavrikcha lui accorda cette grâce; tous les sujets du roi furent comblés de richesses, à tel point qu'aucun d'eux ne voulait plus obéir à un autre, et que personne ne travaillait plus pour autrui. Quand tout le monde fut arrivé à cet état de prospérité, les frères et les parents du roi se dirent entre eux : « Le père « et le fils obéissent à la loi morale, et leurs sujets « n'exécutent pas leurs ordres; il faut les saisir et les « emprisonner tous les deux, et nous emparer de « leur royaume. »

« Le roi, qui ne se défiait de rien, ne prenait aucune précaution contre eux. Ils conspirèrent, et vinrent avec une armée assiéger le palais de ce prince. Dès que le roi fut informé de ce qui se passait, il dit à son fils : « Que devons-nous faire maintenant? « — Sire, répondit le prince, restez ici; je vais mar-« cher contre eux à l'instant, et je triompherai, grâce « à votre vertu. — Mon fils, reprit le roi, ce corps est

« périssable, et la fortune est inconstante; l'homme, « en naissant, apporte la mort avec lui. Nous devons « donc abandonner le trône, et nous consacrer à la « pratique de la vertu; il ne faut pas, pour conser- « ver un corps si fragile et un royaume, s'exposer à « commettre un grand crime; car le roi Youdhich- « thira[1] lui-même eut regret d'avoir pris part à la « guerre des descendants de Bharata[2]. — Hé bien, « dit le prince, laissez le trône à vos parents, et livrez- « vous à la pénitence. »

« Après avoir pris cette résolution, le roi fit appeler ses frères et ses neveux, et leur donna son royaume; puis il se retira avec son fils sur le mont Malayâtchala[3], et ils se construisirent une hutte pour demeure. Djîmoûtavâhana se lia d'amitié avec le fils d'un sage. Un jour, le fils du roi et le fils du sage, étant allés se promener sur le haut de la montagne, aperçurent un temple de Bhavânî[4]. Dans ce temple, il y avait une princesse qui tenait une vînâ[5], et chantait devant Dévî. Les yeux de cette princesse et ceux de Djîmoûtavâhana se rencontrèrent, et ils devin-

[1] L'aîné des cinq princes Pândavas, et leur chef dans la grande guerre qu'ils soutinrent contre les Kauravas.

[2] Fils de Douchmanta et de Sakountalâ, roi de la race lunaire, et prédécesseur des princes qui, sous le nom de Pândavas et de Kauravas, se disputèrent l'empire.

[3] Le Malayâtchala, que l'on nomme aussi Malayâguir (mont Malaya), est la chaîne de montagnes qui répond aux Ghâtes occidentales, dans la péninsule de l'Inde.

[4] Nom de la déesse Dourgâ.

[5] Luth indien; instrument composé de sept cordes, et ayant une grosse gourde à chacune de ses extrémités.

rent amoureux l'un de l'autre. Cependant la princesse résista à sa passion, et retourna chez elle en rougissant; Djîmoûtavâhana n'osa rester plus longtemps avec le fils du sage, et rentra à sa demeure. Les deux amants passèrent la nuit sans pouvoir reposer. Le lendemain matin, la princesse alla au temple de Dévî; le prince s'y rendit de son côté, et l'y trouva. Alors il demanda à une des suivantes de qui la princesse était fille. « C'est, répondit celle-ci, « la fille du roi Malayakétou; elle se nomme Malayâ-« vatî, et elle est encore vierge. » La suivante, à son tour, interrogea le prince, et lui dit : « Dites-moi, « bel homme, d'où venez-vous, et quel est votre « nom?

« — Je suis, répondit le prince, le fils de Djî-« moûtakétou, roi des Vidyâdharas [1], et je me nomme « Djîmoûtavâhana; nous sommes venus, mon père « et moi, nous établir ici après avoir perdu notre « royaume. » La suivante rapporta à la princesse ce que le prince lui avait dit. Ce récit l'affligea beaucoup; elle retourna chez elle, et toute la nuit, ses pensées l'agitèrent pendant son sommeil. Sa suivante, voyant l'état où elle se trouvait, alla tout raconter à la reine sa mère; celle-ci en parla au roi, et lui dit : « Sire, votre fille est d'âge à être mariée : pour-« quoi ne lui cherchez-vous pas un époux? »

« A ces mots, le roi se mit à réfléchir; il fit appeler aussitôt son fils Mitravasoû, et lui dit : « Mon « fils, cherchez un époux à votre sœur, et amenez-

[1] Demi-dieux ou génies possédant un pouvoir magique.

« le ici. — Sire, répondit le prince, j'ai appris que « Djîmoûtakétou, roi des Gandharvas, et Djîmoûta- « vâhana son fils, ont abandonné leur royaume et « sont venus ici tous les deux. — Hé bien, dit le roi « Malayakétou, je donnerai ma fille à Djîmoûtavâ- « hana. » En disant ces paroles, il ordonna à son fils d'aller chercher le prince, et de l'amener auprès de lui. Mitravasoû, dès qu'il eut reçu cet ordre, alla à la demeure de Djîmoûtakétou, et lui dit : « Permet- « tez à votre fils de m'accompagner; mon père le « fait demander pour lui donner sa fille. » Djîmoû- takétou permit à Mitravasoû d'emmener son fils, et quand le prince fut arrivé au palais, le roi Malaya- kétou le maria suivant le mode gandharva.

« Lorsque le mariage fut célébré, le roi conduisit les deux époux et Mitravasoû à sa demeure; les trois jeunes gens le saluèrent, et il leur donna sa bénédiction. La journée se passa ainsi; mais le len- demain, au lever de l'aurore, les deux jeunes princes allèrent se promener sur le mont Malayâguir. En arrivant au haut de la montagne, Djîmoûtavâhana vit un monceau blanc et élevé. Alors, il dit à son beau-frère : « Frère, qu'est-ce que ce monceau tout « blanc que j'aperçois? » Mitravasoû répondit : « Il « arrive ici, des régions infernales, des millions de « jeunes serpents; Garouda [1] vient les manger, et ce « que vous voyez est un monceau de leurs ossements. « — Mon ami, dit Djîmoûtavâhana à son beau-

[1] Demi-dieu ayant la tête et les ailes d'un oiseau; il est considéré comme le souverain de la race ailée, et sert de monture à Vichnou.

« frère, retournez à la maison et prenez votre repas « parce que c'est maintenant l'heure à laquelle j'ai « l'habitude de faire mes dévotions, et le moment « de m'acquitter de mes devoirs religieux est venu. » Mitravasoû s'en alla. Djîmoûtavâhana poursuivit sa route, et entendit des cris et des pleurs. Il s'avança vers l'endroit d'où partaient ces cris, et, en arrivant, il vit une vieille femme qui était éperdue de douleur et pleurait. Il s'approcha d'elle, et lui dit : « Mère, pourquoi pleurez-vous? — C'est aujourd'hui « le tour du serpent Sankhatchoûra mon fils, ré« pondit la vieille, et Garouda va venir le dévorer: « telle est la cause de mon chagrin et de mes larmes. « — Mère, reprit Djîmoûtavâhana, ne pleurez pas; « je me sacrifierai à la place de votre fils. — Mon « fils, répliqua la vieille, n'en faites rien; je vous « considère comme mon Sankhatchoûra. »

« Pendant qu'elle disait ces mots, Sankhatchoûra arriva, et dit au prince : « Seigneur, il naît et meurt « bien des malheureux comme moi; mais des hommes « vertueux et compatissants comme vous ne naissent « pas à toute heure dans ce monde. Ne donnez donc « pas votre vie en échange de la mienne; car en vi« vant vous rendrez service à des centaines de mil« liers d'hommes; quant à moi, que je vive ou que « je meure, c'est la même chose. — Le devoir des « hommes vertueux et véridiques, répondit le prince, « est de mettre à exécution ce que leur bouche a « prononcé; retournez à l'endroit d'où vous venez. »

« Après avoir entendu ces paroles, Sankhatchoûra

alla rendre visite à Dévî, et Garouda descendit du ciel. Le prince vit venir l'oiseau avec des pattes de la longueur de quatre bambous [1], un bec aussi allongé qu'un palmier, un ventre semblable à une montagne, des yeux comme de grandes portes, et des ailes pareilles à des nuages. Garouda se précipita tout d'un coup sur lui, le bec ouvert; d'abord, le prince se sauva; mais la seconde fois, l'oiseau l'emporta dans son bec, et se mit à tournoyer au milieu des airs. Cependant, un bracelet, sur la pierre duquel était gravé le nom du roi, vint à se détacher, et tomba tout couvert de sang devant la princesse. A cette vue, elle s'évanouit.

« Lorsqu'au bout d'un quart d'heure elle eut recouvré ses sens, elle envoya dire à son père et à sa mère tout ce qui était arrivé. A la nouvelle de ce malheur, le roi et la reine vinrent, et, quand ils virent le bijou couvert de sang, ils se mirent à pleurer. Ils allèrent ensuite tous les trois à la recherche du prince, et rencontrèrent en chemin Sankhatchoûra qui les devança et se dirigea seul vers l'endroit où il l'avait vu. « Garouda, s'écria-t-il, lâchez-le! « lâchez-le! ce n'est pas lui qu'il faut manger; je me « nomme Sankhatchoûra : c'est moi qui suis votre « pâture. » En entendant ces cris, Garouda fut saisi de frayeur, et tomba. « J'allais dévorer un brâhmane « ou un kchatriya, pensa-t-il; qu'ai-je fait là? » Puis il

[1] Mesure d'environ dix pieds, que l'on emploie pour mesurer les étangs, les fossés et toutes espèces d'excavations.

dit au prince : « Homme, dis-moi la vérité : pourquoi « sacrifies-tu ta vie?

« — Garouda, répondit le prince, les arbres répandent leur ombre sur les autres êtres, et tout « exposés qu'ils sont eux-mêmes à l'ardeur du soleil, « ils produisent des fleurs et des fruits pour le bien « des autres. Voilà le mérite des hommes vertueux « et des arbres. A quoi sert ce corps, s'il n'est pas « utile à autrui? Il y a un proverbe qui dit : Plus « on frotte le sandal, plus il donne un nouveau par- « fum; plus on gratte la canne à sucre, plus on la « coupe, et plus on la réduit en morceaux, plus elle « est savoureuse; plus on met l'or au feu, plus il « devient beau. Les hommes supérieurs ne perdent « pas leurs belles qualités, même en mourant; que « l'on dise d'eux du bien ou du mal, qu'ils soient « riches ou pauvres, qu'importe? qu'ils meurent de « suite ou après un long intervalle, qu'est-ce que « cela fait? Les hommes qui marchent dans la voie « de la justice ne s'écartent jamais de leur chemin, « quoi qu'il arrive; qu'ils soient robustes ou chétifs, « quelle différence y a-t-il? Enfin, la vie d'un homme « est inutile, lorsque son corps ne rend aucun ser- « vice à autrui, et celui qui vit pour ses semblables, « vit utilement. Ainsi, le chien et le corbeau ne « songent qu'à leur propre conservation; mais ceux « qui se sacrifient pour un brâhmane, une vache, « un ami, une femme, et même pour un étranger, « habitent éternellement dans le paradis. — Dans le « monde, dit Garouda, chacun cherche à conserver

« ses jours, et l'on trouve bien peu de personnes « qui sacrifient leur vie pour racheter celle des autres. « Demande-moi une faveur, continua-t-il, j'ai été sa- « tisfait de ta résolution. » A ces mots, Djîmoûtavâhana répondit : « Dieu, si vous êtes content de moi, « ne mangez plus de serpents désormais, et rendez « la vie à ceux que vous avez dévorés. »

« Garouda alla dans les régions infernales chercher l'onde d'immortalité ; il en répandit sur les ossements des serpents, et aussitôt ils ressuscitèrent. Ensuite l'oiseau dit au prince : « Djîmoûtavâhana, grâce à « ma faveur, tu recouvreras le trône que tu as perdu. » Après avoir accordé cette grâce au prince, Garouda retourna à sa demeure, et Sankhatchoûra en fit autant. Djîmoûtavâhana partit ; il rencontra en chemin son beau-père, sa belle-mère et sa femme, et alla avec eux rejoindre son père.

« A la nouvelle de cet événement, son oncle, ses cousins et tous ses parents vinrent à sa rencontre ; ils se jetèrent à ses pieds, le ramenèrent dans sa capitale, et le rétablirent sur son trône.

« Prince, dit le vampire lorsqu'il eut raconté cette « histoire, quel fut le plus vertueux de ces person- « nages ? — Ce fut Sankhatchoûra, répondit le roi « Vîra Vikramâdjîta. — Comment cela ? demanda le « vampire. — Sankhatchoûra était parti, dit le roi, « il revint rendre la vie au prince, et le préserva « d'être dévoré par Garouda. — Comment, reprit « le vampire, celui qui donnait sa vie pour un autre, « n'était-il pas le plus vertueux ? — Djîmoûtavâhana,

« répliqua le roi, était kchatriya de naissance; c'était « son métier de risquer sa vie : par conséquent, ce « sacrifice n'était pas pour lui une chose difficile. »

VIII.

« Roi Vîra Vikramâdjîta, dit le vampire :

« Dans une ville que l'on nomme Tchandrasékhara, habitait le marchand Ratnadatta, lequel avait une fille. Cette fille s'appelait Ounmâdinî. Lorsqu'elle eut atteint l'âge de puberté, son père alla trouver le roi de la ville, et lui dit : « Sire, dans ma maison, « il y a une jeune fille ; si vous la désirez, veuillez « la prendre, sinon je la donnerai à un autre. » Aussitôt le roi fit appeler deux ou trois vieux serviteurs, et leur dit : « Allez examiner les traits de la « fille de ce marchand, et revenez. » Les serviteurs exécutèrent l'ordre du roi; ils allèrent chez le marchand, et furent charmés en voyant l'extérieur séduisant de la jeune fille.

« Elle brillait d'un éclat pareil à celui que jette une lumière dans une maison obscure, ses yeux ressemblaient à ceux d'une gazelle, les boucles de sa chevelure à des serpents femelles, ses sourcils à un arc, et son nez au bec d'un perroquet; ses dents étaient comme une rangée de perles, ses lèvres comme le fruit du bimbâ [1], son cou comme celui d'un pigeon, sa taille comme celle d'un léopard, ses

[1] Plante cucurbitacée qui produit un fruit rouge. (*Momordica monadelpha. Bryonia grandis.*)

mains et ses pieds comme un tendre lotus ; elle avait un visage semblable à la lune, un teint de la couleur du tchampâ[1], la démarche d'un cygne, et la voix d'un kokila[2]. La vue de sa beauté eût fait rougir les courtisanes d'Indra elles-mêmes. En voyant une créature si belle et si jolie, les serviteurs du roi se dirent : « Si une pareille femme entre chez le roi, il en « deviendra esclave, et ne s'occupera plus des affaires « de l'État; il vaut donc mieux dire à ce prince qu'elle « est laide, et qu'elle n'est pas digne de lui. »

« Après avoir fait cette réflexion, ils retournèrent auprès du roi, et lui dirent : « Sire, nous avons vu « cette jeune fille; elle n'est pas digne de vous. » A ces mots, le roi dit au marchand qu'il ne l'épouserait pas. Le marchand revint chez lui, et donna sa fille en mariage à Balabhadra, un des généraux du roi; celle-ci alla demeurer dans la maison de son mari. Un jour qu'elle était sur sa terrasse, richement parée, le roi, accompagné de sa suite, vint à passer de ce côté. Ses yeux rencontrèrent par hasard ceux de la jeune femme, et il se dit en lui-même : « Est-« ce une divinité, ou une apsarâ[3], ou la fille d'un « mortel ? »

« Bref, la beauté de cette femme le charma, et il rentra tout agité au palais. Le portier voyant son visage, lui dit : « Sire, quel est le mal qui vous fait

[1] Arbre dont la fleur est jaune et odoriférante. (*Michelia champaca.*)

[2] *Cuculus Indicus* : oiseau auquel les Indiens attribuent un chant mélodieux et propre à exciter de douces émotions.

[3] Nom des nymphes du *swarga* ou paradis, et courtisanes d'Indra.

« souffrir? — Aujourd'hui, répondit le roi, en me « promenant, j'ai aperçu une belle femme sur une « terrasse; j'ignore si c'est une houri, une péri, ou « une mortelle; car sa beauté a tout à coup fasciné « mon esprit; voilà ce qui m'agite. » Quand le portier eut entendu cet aveu, il dit au roi : « Sire, cette « femme est la fille du marchand que Balabhadra votre « général a épousée. — Hé bien, reprit le roi, ceux « de mes serviteurs que j'avais envoyés pour exami- « ner ses traits, m'ont trompé. » En disant ces mots, il ordonna à un tchobdâr[1] de lui amener ces gens à l'instant même; l'officier obéit à cet ordre, et alla les chercher.

« Lorsqu'ils arrivèrent en présence du roi, celui-ci leur dit : « Vous n'avez pas rempli la mission que « je vous avais donnée, et vous n'avez pas agi selon « mon désir; au contraire, vous avez fabriqué un « mensonge, et vous m'avez trompé. Aujourd'hui, « j'ai vu cette femme de mes propres yeux; elle est « si belle et réunit tant de qualités, qu'il serait diffi- « cile d'en trouver une pareille dans le temps où « nous sommes. — Sire, répondirent-ils, ce que vous « dites est vrai; mais veuillez nous écouter, et vous « saurez dans quel but nous sommes venus vous dire « qu'elle était laide. Nous avons pensé que si une « femme aussi belle entrait dans votre palais, votre « majesté en deviendrait esclave, et laisserait de côté

[1] En persan چوبدار. Espèce d'huissier qui porte une baguette garnie d'or ou d'argent, et dont l'office est d'annoncer les personnes qui se présentent.

« les affaires de l'État, de sorte que le gouvernement « périrait. C'est cette crainte qui nous a fait faire un « tel mensonge. »

« Le roi leur dit qu'ils avaient raison; mais son esprit était troublé par le souvenir de cette femme, et l'agitation qu'il éprouvait était manifeste pour tout le monde. Sur ces entrefaites, Balabhadra arriva; il se tint debout les mains jointes devant le roi, et lui dit : « Souverain de la terre, je suis votre serviteur, « et ma femme est votre servante ; c'est à cause d'elle « que vous avez tant d'affliction. Sire, ordonnez « qu'on l'amène. » En entendant ce discours, le roi se mit dans une grande colère, et s'écria : « S'appro- « cher de la femme d'un autre est un grand crime. « Que me dites-vous? Suis-je donc assez impie pour « commettre une action aussi criminelle? La femme « d'un autre homme est comme une mère, et la « fortune d'autrui n'a pas plus de prix que l'argile. « Écoutez, frère, il faut juger de ses semblables par « soi-même. — Elle est ma servante, répondit Ba- « labhadra, puisque je vous la donne, elle n'est plus « la femme d'un autre. — Je ne veux pas, reprit le « roi, commettre un acte qui me déshonorerait aux « yeux du monde. — Sire, dit le général, je la ferai « sortir de ma maison pour la mettre dans une autre ; « je ferai d'elle une courtisane, et je l'amènerai au- « près de vous. — Si vous faites d'une honnête femme « une prostituée, répliqua le roi, je vous punirai sé- « vèrement. »

« Le roi ne put oublier cette femme, et mourut

au bout de dix jours. Le général Balabhadra alla trouver son précepteur spirituel, et lui dit : « Mon « souverain est mort pour Ounmâdinî; enseignez-« moi ce que je dois faire maintenant. — Le devoir « d'un serviteur, répondit le précepteur spirituel, est « de mourir avec son maître. » A ces mots, le général courut vers l'endroit où l'on avait transporté le corps du roi pour le brûler. Pendant que l'on dressait le bûcher, il fit ses ablutions et ses prières. Dès que le feu eut été mis, il s'approcha du bûcher; puis, il joignit les mains, et, la face tournée vers le soleil, il s'écria : « Divin soleil, mon plus grand dé-« sir et le plus cher objet de mes vœux sont de servir « ce maître dans toutes mes existences futures, et de « célébrer vos qualités. » En disant ces paroles, il fit un salut, et se précipita dans les flammes.

« A la nouvelle de cet événement, Ounmâdinî alla chez son précepteur spirituel, et, après lui avoir raconté ce qui s'était passé, elle lui dit : « Seigneur, « quel est le devoir d'une femme? » Le précepteur répondit : « C'est en servant l'homme auquel son « père et sa mère l'ont donnée, qu'une femme se « montre vertueuse, et il est écrit dans le livre de « la loi : La femme qui, du vivant de son mari, se « livre aux austérités et à la pénitence, abrége les « jours du mari, et va dans l'enfer; mais ce qu'une « femme peut faire de mieux, c'est de servir son mari, « quelque imparfait qu'il soit; elle obtient ainsi son « salut. Quand une femme a conçu le désir de se « brûler sur un bûcher funéraire, tous les pas dont

« elle laisse l'empreinte sur le sol lui valent les avan-« tages que peuvent procurer autant d'aswamédhas[1]; « c'est une vérité incontestable. Il n'y a pas pour une « femme d'acte aussi méritoire que de se brûler sur « le bûcher d'un mari. » A ces mots, Ounmâdinî salua son précepteur et retourna chez elle. Elle fit ses ablutions, se livra à la méditation, et donna de grands présents aux brâhmanes; puis, elle alla près du bûcher, en fit une fois le tour, et s'écria : « Maître, « je suis votre esclave à jamais. » En prononçant ces paroles, elle se jeta au milieu des flammes, et fut consumée[2].

« Prince, dit le vampire après avoir raconté cette « histoire, quel fut le plus vertueux de ces trois per-« sonnages? — Ce fut le roi, répondit Vîra Vikra-« mâdjîta. — Comment cela? demanda le vampire. « — Le roi, répliqua Vikrama, renonça à la femme « que lui donnait le général; il sacrifia sa vie pour « elle; mais il conserva sa vertu. C'est le devoir d'un « serviteur de donner sa vie pour son maître, et une « femme doit se brûler sur le bûcher de son mari. « Le roi fut par conséquent le plus vertueux. »

[1] Sacrifice d'un cheval : ce sacrifice accompli cent fois donnait le droit de régner dans le ciel.

[2] Le conte XXVI du *Toûtî-Nameh*, intitulé : *De la fille du marchand que le roi refusa*, est une imitation de celui-ci. La nouvelle 102 de la première partie du recueil de Malespini a quelque analogie avec notre conte, quant au fond même du sujet. Cette nouvelle a pour titre : « Offerisce uno la moglie ad un Prencipe, et avedutosi di far ciò astretto da grandissima povertà, non solo gli conserva l'honore, ma lo soccorre anco con buona quantità di scudi, e gli dona un uffizio di molta entrata all' anno. »

IX.

« Roi, dit le vampire :

« Il y a une ville que l'on appelle Koubalapour, où régnait le roi Soudakchî. Dans cette même ville, habitait un marchand dont le nom était Dhanâkchî; cet homme avait une fille nommée Dhanavatî. Elle était encore dans l'âge le plus tendre, quand son père la donna en mariage à un marchand de grains qui se nommait Gaurîdatta. Au bout de quelque temps, elle eut une fille, à laquelle elle donna le nom de Mohanî. L'enfant était à peine âgée de quelques années, lorsque le père vint à mourir, et les parents du marchand s'emparèrent de tout son bien. Dhanavatî, désespérée, prit sa fille par la main, et, à la faveur d'une nuit obscure, elle sortit de sa maison pour se rendre chez son père et sa mère. Après avoir parcouru une petite distance, elle se perdit en chemin, et arriva dans un cimetière, où un voleur était suspendu à un pieu à empaler. Tout à coup, sa main toucha le pied de ce voleur. « Qui « vient de me faire mal? s'écria celui-ci. — Je n'ai « pas eu l'intention de vous faire du mal, répondit- « elle, pardonnez-moi ma faute. — Aucun mortel « ne peut faire du mal ni du bien à un autre, reprit le « voleur, et il n'arrive à l'homme que ce que Brahmâ a « écrit dans sa destinée. Ceux qui disent : Nous avons « fait telle chose, sont entièrement dépourvus de « bon sens, parce que les hommes sont emprisonnés

« dans le filet du destin qui les entraîne où il veut. « On ne peut comprendre les desseins de l'Être su- « prême; car l'homme conçoit une pensée dans son « esprit, et la divinité fait arriver tout le contraire. »

« Lorsqu'il eut prononcé ces paroles, Dhanavatî lui demanda qui il était. « Je suis voleur, répondit-il, « voilà trois jours que je suis sur ce pieu, et je ne « puis mourir. — Pourquoi? dit Dhanavatî. — Je ne « suis pas marié, répliqua le voleur; si vous voulez « m'accorder votre fille en mariage, je vous donnerai « dix millions de pièces d'or. » On connaît la maxime : L'avarice est la racine du péché; la passion, la cause de la maladie, et l'amitié, la source du chagrin; quiconque renonce à ces trois choses est heureux; mais tout le monde ne peut les éviter. Dhanavatî, poussée par la cupidité, conçut le projet de donner sa fille au voleur, et elle lui dit : « Je désire que « vous ayez un fils; mais comment cela pourra-t-il « se faire? — Quand votre fille aura atteint l'âge de « puberté, répondit le voleur, appelez un beau brâh- « mane, et donnez-lui cinq cents pièces d'or et votre « fille : de cette façon, elle aura un fils. »

« A ces mots, Dhanavatî fit faire à sa fille trois fois le tour du pieu, et la donna en mariage au voleur. Celui-ci lui dit : « Vers l'est, près d'un puits « en maçonnerie, il y a un figuier; c'est au pied de « cet arbre que les pièces d'or ont été enfouies; allez « les chercher. » En disant ces paroles, il mourut. Dhanavatî courut à l'endroit indiqué, prit quelques-unes des pièces d'or, et alla chez son père et sa mère.

Elle leur raconta cette aventure, et les emmena avec elle dans le pays de son mari, où elle fit bâtir une grande maison pour y demeurer. Sa fille grandissait de jour en jour. Une fois la jeune fille était sur la terrasse avec une de ses compagnes, et regardait sur la route, lorsqu'un jeune brâhmane vint à passer. En le voyant, elle fut vaincue par l'amour, et dit à sa compagne : «Mon amie, amène cet homme près «de ma mère.» Celle-ci fit aussitôt venir le brâhmane auprès de la mère de son amie. Dhanavatî, dès qu'elle le vit, lui dit : «Brâhmane, ma fille est «en âge de puberté; si vous voulez rester avec elle, «je vous donnerai cent pièces d'or pour un fils. — «Je resterai, répondit le brâhmane.» Pendant qu'ils étaient à converser, le soir arriva; Dhanavatî donna au jeune homme tous les aliments qu'il pouvait désirer, et il soupa. On connaît le proverbe : Il y a huit espèces de jouissances : 1° les parfums; 2° les femmes; 3° les vêtements; 4° les chants; 5° la boisson; 6° la nourriture; 7° le lit; 8° les parures. Toutes ces jouissances se trouvaient là.

«Quand trois heures furent écoulées, le brâhmane entra dans un appartement voluptueux, et passa la nuit entière avec la jeune fille. Il retourna chez lui au point du jour; la jeune fille se leva et alla auprès de ses compagnes. Alors l'une d'elles lui demanda quels plaisirs elle avait goûtés avec son amant, pendant la nuit. «Dès que je fus assise à «côté de lui, répondit-elle, j'éprouvai une sorte de «palpitation; lorsqu'il me prit la main en souriant,

« je fus vaincue, et je ne puis me rappeler ce qui « s'est passé. On a dit : Un homme illustre, un homme « brave, un homme de talent, un chef, un homme « libéral, un homme vertueux, un homme qui pro- « tége son épouse ; voilà sept hommes qu'une femme « n'oublie ni dans cette vie, ni dans une autre. »

« Le résultat fut qu'elle devint enceinte cette nuit là même. Quand elle arriva au terme de sa grossesse, elle mit au monde un fils. Dans la nuit du sixième jour après sa délivrance, la jeune mère vit en songe un yoguî, avec des tresses de cheveux sur la tête, et une lune sur le front ; son corps était frotté de bouse de vache ; il avait un cordon brâhmanique blanc ; il était assis sur un siége de lotus blancs ; il portait un collier de serpents blancs, et une guirlande de têtes humaines était suspendue à son cou ; d'une main, il tenait un crâne, et de l'autre, un trident. Le yoguî, prenant une forme terrible, se posa devant elle, et lui dit : « Demain à minuit, tu mettras une bourse « de mille pièces d'or et cet enfant dans une grande « corbeille que tu déposeras à la porte du palais. » A cette vision, elle se réveilla, et alla dès le matin raconter son aventure à sa mère. Le lendemain, la mère mit l'enfant dans une corbeille, suivant la manière prescrite par le yoguî, et le déposa à la porte du palais.

« Cependant le roi vit apparaître en songe un être de forme redoutable, ayant dix bras, cinq têtes avec trois yeux et une lune à chacune d'elles, de grandes dents, et un trident à la main, qui lui dit :

« Prince, on a déposé une corbeille à la porte de « ton palais; va chercher l'enfant qu'elle renferme; « il sera le soutien de ton gouvernement. »

« A ces mots, le roi s'éveilla, et raconta à sa femme tout ce qu'il venait de voir et d'entendre. Puis, il se leva, alla à la porte du palais, et aperçut une grande corbeille. Il l'ouvrit, et y trouva un enfant et une bourse de mille pièces d'or. Il prit lui-même l'enfant, et dit à son portier de porter la bourse; il entra ensuite dans l'appartement des femmes, et déposa l'enfant sur les genoux de la reine. Pendant ce temps, le jour vint; le roi sortit, et envoya chercher des pandits [1] et des astrologues, auxquels il demanda quelles marques de royauté il y avait dans cet enfant.

« Alors un des pandits, brâhmane habile dans l'art de juger des hommes d'après leur physionomie, lui dit : « Sire, cet enfant porte trois signes visibles : « une poitrine large, un front haut, et une grande « figure; il à en outre les trente-deux marques de « l'homme. Il régnera; n'ayez aucun doute à cet « égard. » A cette prédiction, le roi fut transporté de joie; il ôta de son cou un collier de perles, et le donna au pandit; puis, il combla les brâhmanes de présents, et les pria de donner un nom à l'enfant. « Sire, répondirent-ils, veuillez vous asseoir et vous « attacher avec votre femme [2]; que la reine tienne

[1] Nom que l'on donne aux brâhmanes savants et capables d'enseigner.

[2] Il y a dans le texte : गठजोड़ा बांध बैठिये, mot à mot : « Asseyez-

« l'enfant sur ses genoux ; envoyez chercher les gens « dont on se sert dans les réjouissances, et donnez « une fête ; nous donnerons un nom à cet enfant, « suivant le rite prescrit par les sâstras. »

« Le roi ordonna à son ministre d'exécuter ce que disaient les brâhmanes. Le ministre fit annoncer dans toute la ville des réjouissances publiques à l'occasion de la naissance de l'enfant. A cette proclamation, tous les musiciens se présentèrent, et, de chaque maison, on vint complimenter le roi. Il y eut de la musique et des divertissements au palais. Le roi et la reine, tenant l'enfant sur leurs genoux, vinrent s'asseoir devant un carré[1] rempli de friandises, et les brâhmanes commencèrent la lecture des Védas[2]. L'un d'eux, qui était astrologue, détermina la conjonction des planètes, l'heure et le moment favorable, et nomma l'enfant Haradatta.

« Cet enfant grandit de jour en jour. A l'âge de neuf ans, il étudia les six sâstras et les quatorze sciences[3], et devint savant. Cependant Bhagavân

vous, ayant lié le nœud. » Le *gathdjorâ* ou lien du nœud, est une des cérémonies du mariage, qui consiste à attacher ensemble les vêtements des deux époux, ou même à rouler autour d'eux une longue pièce d'étoffe.

[1] चौक. Espace carré rempli, à l'occasion d'un mariage ou de toute autre fête, de sucreries, de confitures, etc. que l'on distribue aux invités.

[2] Livres sacrés, au nombre de quatre, qui sont le fondement de la religion indienne.

[3] Les Indiens divisent la science (विद्या) en quatorze branches principales, qui sont : 1°-4° les quatre Védas ; 5°-10° les six Angas ou la prononciation, la grammaire, la prosodie, l'explication des

voulut que son père et sa mère vinssent à mourir; il monta sur le trône, et gouverna avec justice. Quelques années après, le prince se mit à réfléchir, et se dit en lui-même : « Je dois le jour à mon père « et à ma mère, et qu'ai-je fait pour eux? Il y a « une maxime ainsi conçue : Ceux qui sont com- « patissants, le sont pour tout le monde; ceux-là pos- « sèdent la sagesse, et obtiennent le paradis. Quant à « ceux qui n'ont pas le cœur pur, c'est en vain qu'ils « se livrent aux aumônes, à l'adoration, aux austérités, « aux pèlerinages et à l'étude des sâstras. Ceux qui cé- « lèbrent le srâddha [1] sans foi et avec orgueil, n'en « retirent aucun avantage, et leurs ancêtres n'ont « rien à espérer. »

« Après avoir fait ces réflexions, le roi Haradatta crut devoir célébrer un service funèbre en l'honneur de ses parents. Il alla à Gayâ [2]; arrivé dans cette ville, il invoqua les noms de ses ancêtres, et fit une offrande de gâteaux de riz sur le bord de la rivière Phalgoû. Les mains de trois personnages se montrèrent tout à coup au-dessus de l'eau. A la vue de ces six mains, le roi fut embarrassé; il ne sut plus à qui donner, et à qui ne pas donner.

termes obscurs, la description des rites religieux, et l'astronomie; 11° les Pourânas; 12° la Mîmânsâ ou théologie; 13° la Nyâya ou logique; 14° le Dharma ou la loi.

[1] Cérémonie en l'honneur des mânes.

[2] Ville du Béhar, au-dessous de laquelle coule la rivière Phalgoû. Cette ville est un lieu de pèlerinage; les Indiens doivent y faire, au moins une fois pendant leur vie, un sacrifice en l'honneur de leurs ancêtres.

« Roi Vikrama, dit le vampire lorsqu'il eut ra-« conté cette histoire, à laquelle de ces trois per-« sonnes fallait-il offrir les gâteaux de riz? — Au « voleur, répondit le roi. — Pourquoi? demanda le « vampire. — La semence du brâhmane avait été « achetée, répliqua Vikrama, et le roi avait reçu « mille pièces d'or pour élever l'enfant; le brâhmane « et le roi n'avaient par conséquent aucun droit aux « gâteaux de riz. »

X.

« Roi, dit le vampire :

« Il y a une ville que l'on appelle Tchitrakoûta, où régnait un roi nommé Roûpadatta. Un jour, ce prince monta à cheval, et partit seul pour la chasse. Il se perdit en route, et arriva dans une vaste forêt, où il aperçut un grand étang. Cet étang était rempli de lotus fleuris, et des oiseaux de diverses espèces s'y livraient à leurs ébats. De tous les côtés, des vents frais et parfumés soufflaient sous les ombrages d'arbres touffus. Le roi, accablé de chaleur, attacha son cheval à un arbre, étendit la housse de sa selle, et s'assit dessus. Une heure s'était à peine écoulée, lorsque la fille d'un sage, jeune et belle, vint en ce lieu chercher des fleurs. Le roi la vit cueillir des fleurs, et devint éperdument amoureux d'elle. Quand, après avoir cueilli ses fleurs, elle voulut reprendre le chemin de sa maison, il lui dit : « Quelle est donc cette « manière d'agir? Je viens comme hôte dans votre « demeure, et vous n'avez pour moi aucun égard! »

En entendant ces paroles, la jeune fille revint sur ses pas. « On a dit, continua le roi : Si un homme « de basse condition se présente comme hôte chez « un personnage de la classe la plus élevée, celui-ci « doit le respecter. Quiconque entre dans notre mai- « son, voleur ou Tchandâla [1], ennemi ou parricide, « il faut le recevoir avec honneur, parce qu'un hôte « est le plus respectable de tous les hommes. » Lorsque le roi eut fini de parler, la jeune fille s'arrêta et lui fit signe des yeux. Sur ces entrefaites, le sage arriva. Le roi, dès qu'il vit l'ascète, le salua; celui-ci lui donna sa bénédiction, et lui souhaita une longue vie; puis, il lui dit : « Que venez-vous faire ici? — « Seigneur, répondit le roi, je suis venu chasser. — « Pourquoi commettez-vous un si grand péché? de- « manda le sage. On a dit : Un homme commet un « péché, et plusieurs autres recueillent le fruit de « son péché. — Seigneur, répliqua le roi, ayez com- « passion de moi, et dites-moi ce que c'est que le « juste et l'injuste. — Veuillez m'écouter, reprit le « sage : c'est un grand crime que de tuer les animaux « qui vivent d'herbe et d'eau, et habitent les forêts; « protéger les bêtes, les oiseaux et ses semblables, « est un acte de vertu. On a dit : Rassurer celui qui « a peur et vient nous demander protection, est une « action dont nous retirons tous les avantages qui « peuvent résulter de grandes aumônes. On a dit

[1] Homme impur, dégradé. Ce nom s'applique particulièrement au Soûdra né d'un Soûdra et d'une Brâhmanî, ou femme de la caste brâhmanique.

« aussi : Les austérités religieuses ne sauraient égaler « la miséricorde, et le plaisir n'égale pas la satisfac- « tion; la richesse ne vaut pas l'amitié, ni la justice « la compassion. Les hommes qui ne s'écartent pas de « leur devoir, et qui, possédant richesses, belles qua- « lités, science, gloire et position élevée, n'en mon- « trent aucun orgueil, et ceux qui se contentent de « leur femme, et disent toujours la vérité, obtiennent « le salut éternel après leur mort. Ceux qui tuent un « ascète à la chevelure tressée, un homme nu ou sans « armes, vont dans l'enfer, et le roi qui ne punit « pas les persécuteurs de ses sujets, va aussi dans « l'enfer. Ceux qui ont commerce avec la femme « d'un roi, ou avec celle d'un ami, avec une jeune « fille, ou avec une femme enceinte de huit ou neuf « mois, tombent dans le grand enfer[1]. Voilà ce que « dit le livre de la loi. »

« Après avoir entendu ce discours, le roi répondit : « Les péchés que j'ai pu commettre jusqu'à « présent sont commis; mais, pourvu que Bhagavân « le veuille, je ne les commettrai plus à l'avenir. » Le sage fut satisfait de la réponse du roi, et lui dit : « Je vous accorderai la faveur que vous demande- « rez; je suis très-content de vous. — Seigneur, re- « prit le roi, si vous êtes content de moi, donnez-moi « votre fille. » A ces mots, le sage maria sa fille avec le roi, suivant le mode gandharva, et retourna à sa demeure. Le roi se mit en route pour sa ville, avec

[1] Mahânaraka (महानरक), un des vingt et un séjours infernaux. Voyez *Lois de Manou*, IV, 88 et suiv.

la fille du sage. Lorsqu'ils furent à moitié chemin, le soleil se coucha, et la lune se leva. Alors, le roi voyant un arbre touffu, descendit de cheval, et attacha sa monture au pied de cet arbre; puis il étendit la housse de sa selle, et s'endormit avec sa femme.

« Au milieu de la nuit, un brahmarâkchasa[1] vint éveiller le roi, et lui dit : « Prince, je vais manger « ta femme. — Ne faites pas une pareille chose, ré- « pondit le roi; je vous donnerai tout ce que vous « demanderez. — Prince, dit le râkchasa, si tu veux « couper la tête d'un jeune brâhmane de sept ans, « et me l'offrir de ta propre main, je ne mangerai « point ta femme. — Je ferai ce que vous me dites, « répliqua le roi; venez à ma ville dans sept jours, « à partir d'aujourd'hui, et je vous donnerai cette « tête. »

« Lorsque le râkchasa eut ainsi lié le roi par une promesse, il retourna à sa demeure, et, au point du jour, le roi rentra dans son palais. A la nouvelle de son arrivée, son ministre fit de grandes fêtes, et vint lui offrir des présents. Le roi lui raconta son aventure, et lui dit : « Le râkchasa viendra dans sept « jours; comment nous arrangerons-nous? — Sire, « répondit le ministre, ne vous inquiétez de rien; « Bhagavân fera tout pour le mieux. »

« Ayant dit ces mots, le ministre fit faire une

[1] Râkchasa de l'ordre des brâhmanes. Le Râkchasa est une espèce de démon ou génie malfaisant qui hante les cimetières, anime les corps morts, et dévore les vivants.

statue d'or du poids d'un mann[1] un quart, et garnie de pierres précieuses; puis, il la fit mettre sur un chariot, et la fit dresser dans un carrefour, en recommandant aux gardiens de dire à tous ceux qui viendraient la voir : « Le brâhmane qui voudra don« ner un fils de l'âge de sept ans, et consentir à ce « que le roi lui coupe la tête, recevra cette statue. » Après avoir donné cet ordre, le ministre s'en alla. Les gardiens disaient à toutes les personnes qui venaient voir la statue ce que le ministre leur avait recommandé de dire. Deux jours se passèrent ainsi; mais le troisième jour, un pauvre brâhmane de la ville, père de trois enfants, entendant cette proposition, retourna chez lui, et dit à sa femme : « Donne « un de tes fils au roi pour un sacrifice, et une statue « d'or du poids d'un mann un quart et garnie de « pierres précieuses, entrera dans notre maison.

« — Je ne veux pas donner le plus jeune, lui ré« pondit sa femme. — Je ne donnerai pas l'aîné, « dit-il à son tour. » Le second des trois fils, qui entendait cette conversation, prit la parole : « Mon « père, dit-il, sacrifiez-moi. — Bien, répliqua le « brâhmane; » puis il ajouta ; « Dans ce monde, la « richesse est la source de toutes choses; où est le « bonheur pour celui qui n'est pas riche? C'est sans « profit que le pauvre vient au monde. » En disant ces mots, il emmena son second fils, le livra aux gardiens, et emporta la statue, tandis qu'on condui-

[1] En arabe من. Poids équivalent à quarante *sers*, ou environ soixante et quinze livres.

sait l'enfant au ministre. Quand les sept jours furent écoulés, le râkchasa arriva. Le roi lui fit offrir du sandal, du riz, des fleurs, des parfums, des lampes, des aliments consacrés, des fruits, du bétel et des vêtements, et lui rendit ses hommages ; ensuite, il envoya chercher l'enfant, prit une épée, et s'apprêta à faire le sacrifice. L'enfant se mit d'abord à rire ; puis, il pleura ; au même instant le roi le frappa de son épée, et sa tête se sépara de son corps.

« Ce que les sages ont dit est bien vrai : Dans ce monde, la femme est une mine de douleur, un sujet d'inquiétude ; elle énerve le courage, elle vous fascine, et vous fait perdre toute vertu. Qui peut dire qu'une pareille source de poison est une chose excellente ? On a dit : Gardez vos richesses pour les temps de calamités ; donnez vos richesses pour conserver votre femme, et sacrifiez vos richesses et votre femme pour sauver votre vie.

« Prince, dit le vampire après avoir raconté cette « histoire, à l'heure de la mort, l'homme pleure ; « expliquez-moi pourquoi cet enfant se mit à rire. « — Lorsqu'il se mit à rire, répondit le roi, il faisait « la réflexion suivante : La mère protége son enfant « dans son bas âge, et le père prend soin de lui quand « il est grand ; un roi assiste ses sujets dans le bon « et le mauvais temps : tel est l'usage de ce monde. « Ma condition à moi est celle-ci : mon père et ma « mère, poussés par l'avarice, m'ont livré au roi, et « ce prince, l'épée à la main, s'apprête à me tuer. « La divinité désire un sacrifice, et personne n'a « pitié de moi. »

XI.

« Roi, dit le vampire :

« Dans le Dakchina [1] est située la ville de Dharmapour [2], dont le roi se nommait Mahâbala. Un jour, un autre souverain de ce pays vint attaquer ce prince avec une armée, et mit le siége devant sa ville. La guerre durait depuis quelque temps, lorsque l'armée de Mahâbala en vint aux mains avec l'ennemi, et fut en partie détruite. Le roi, désespéré, partit pendant la nuit, et se retira dans un bois avec sa femme et sa fille. Quand ils eurent parcouru plusieurs kos dans la forêt, le jour arriva, et ils aperçurent un village. Le roi fit asseoir la reine et la princesse au pied d'un arbre, et dirigea ses pas vers ce village, pour aller chercher de quoi manger. Tout à coup il fut entouré par des Bhîlas [3], qui lui dirent de jeter ses armes; il se mit à leur lancer des flèches, et ils en firent autant de leur côté.

« Le combat dura ainsi pendant trois heures, et les Bhîlas avaient déjà perdu beaucoup de monde, lorsqu'une flèche vint frapper le roi au front avec tant de violence qu'il tomba, et un Bhîla lui trancha

[1] Presqu'île occidentale de l'Inde, que l'on nomme aujourd'hui Dékhan.

[2] Cette ville est la même que celle dont il est question plus haut, conte IV. On sait qu'à une époque reculée le Malwa s'étendait au sud de la Narmadâ, et comprenait par conséquent une partie du Dékhan.

[3] Race de montagnards qui habitent le long de la Narmadâ (Nerbudda), et vivent de vol et de pillage.

la tête. Quand la reine et la princesse le virent mort, elles retournèrent dans la forêt en pleurant et en se frappant la poitrine. Fatiguées après avoir fait environ deux kos, elles s'assirent et se livrèrent à toutes sortes de réflexions. Cependant un roi nommé Tchandraséna et son fils s'amusaient à chasser dans le bois. Le roi aperçut les marques des pieds des deux femmes, et dit à son fils : « D'où viennent ces traces de pieds « humains dans cette grande forêt? — Sire, répon- « dit le prince, ces marques sont celles de pieds de « femmes; il n'y a pas un pied d'homme si petit. — « C'est vrai, répondit le roi, un pied si délicat n'est « pas celui d'un homme. — Elles viennent de passer « à l'instant, dit le prince. — Viens, répondit le roi, « cherchons dans cette forêt; si nous les trouvons, « je te donnerai celle qui a le plus grand pied, et je « prendrai l'autre. »

« Cette convention faite, le roi et son fils s'avancèrent dans la forêt, et aperçurent les deux femmes qui étaient assises. En voyant la reine et sa fille, les deux princes furent transportés de joie; ils les firent monter sur leurs chevaux, non sans avoir obtenu leur consentement, et les emmenèrent chez eux. Le prince garda la reine, et le roi la princesse.

« Roi Vikrama, dit le vampire lorsqu'il eut ra- « conté cette histoire, quel est le degré de parenté « qui existera entre les enfants de ces deux princes? » Le roi ne sut répondre à cette question, et garda le silence. Le vampire fut satisfait, et lui dit : « Prince,

« j'ai été très-content de votre courage et de votre « résolution; mais écoutez ce que je vais vous dire. « Un homme ayant le corps comme du bois, et cou- « vert de poils semblables à des épines, est venu dans « votre ville; il se nomme Sântasîla. C'est lui qui « vous a envoyé me chercher; il est dans un cime- « tière où il pratique des enchantements, et il veut « vous tuer. Je vous préviens en conséquence que, « quand il aura terminé ses dévotions, il vous dira : « Sire, prosternez-vous. Alors répondez-lui : Je suis « le roi des rois; tous les souverains viennent me « saluer; jusqu'à présent, je ne me suis prosterné « devant personne, et je ne sais de quelle manière « m'y prendre. Vous êtes un précepteur spirituel; « ayez la bonté de me montrer comment il faut faire, « et je vous obéirai. Lorsqu'il se prosternera, donnez- « lui un grand coup d'épée et tranchez-lui la tête; « dès lors vous régnerez sans interruption. Si vous « ne faites pas ce que je vous dis, il vous tuera, et « sa souveraineté sera immuable. »

« Après avoir donné cet avis au roi, le vampire sortit du cadavre, et s'en alla. Pendant qu'il faisait encore nuit, le roi prit le cadavre et le porta au yoguî. A la vue de ce cadavre, le yoguî fut satisfait, et combla Vikrama d'éloges. Ensuite il récita quelques formules magiques, ressuscita le mort, et célébra un sacrifice. Il s'assit la face tournée vers le midi, et offrit à sa divinité tout ce qu'il avait préparé. Quand il eut fait une offrande de bétel, de fleurs, de parfums, de lampes et d'aliments consacrés, il dit au roi : « Prosternez-vous devant moi, il « en résultera pour vous beaucoup de gloire et d'éclat, « et la puissance et la richesse resteront toujours « dans votre maison. » A ces mots, le roi se rappela ce que le vampire lui avait dit; il joignit les mains, et répondit humblement : « Seigneur, je ne sais pas « me prosterner; mais vous êtes un précepteur spi- « rituel; si vous voulez avoir la bonté de me mon- « trer comment je dois faire, je vous obéirai. » Au moment où le yoguî courbait la tête pour le saluer, le roi lui donna un grand coup d'épée; sa tête se sépara de son corps, et le vampire vint répandre une pluie de fleurs.

« On a dit: Ce n'est pas un crime de tuer celui qui veut attenter à vos jours.

« Alors Indra et tous les dieux, témoins du courage qu'avait montré le roi, et assis sur leurs chars, se mirent à pousser des cris de joie. Indra, content du roi Vîra Vikramâdjîta, lui dit : « Demande une « faveur. » Celui-ci joignit les mains, et répondit : « Seigneur, que cette histoire, qui est la mienne, « se répande dans le monde. — Tant que dureront « la lune, le soleil, la terre et le firmament, reprit « Indra, cette histoire sera célèbre, et tu régneras « sur le monde entier. »

« En disant ces mots, Indra retourna à sa demeure. Le roi prit les deux cadavres, et les jeta dans un chaudron d'huile. Au même instant, les deux hommes se présentèrent devant lui, et lui dirent : « Qu'avez-vous à nous ordonner? — Venez lorsque «je vous appellerai, répondit-il.» Quand ils lui en eurent fait la promesse, il rentra dans son palais, et reprit les rênes du gouvernement. On a dit : Instruit ou ignorant, enfant ou jeune homme, celui qui est intelligent réussira toujours.

FIN.

www.ingramcontent.com/pod-product-compliance
Ingram Content Group UK Ltd.
Pitfield, Milton Keynes, MK11 3LW, UK
UKHW020244220726
13923UKWH00002B/810

9 782019 281113